我在一颗石榴里
看见了我的祖国

杨克 著

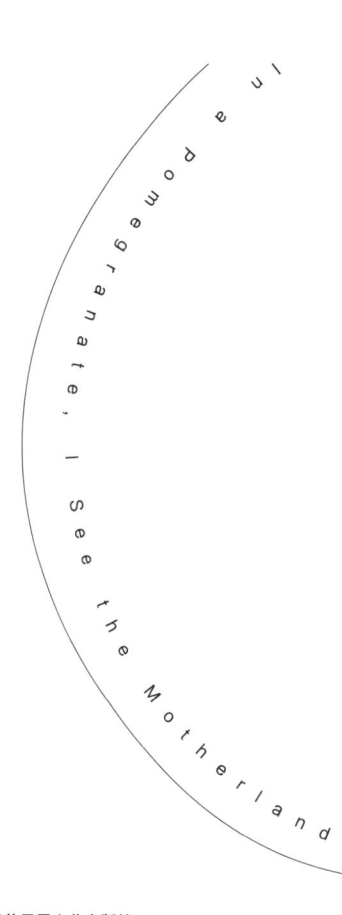

In a Pomegranate, I See the Motherland

江苏凤凰文艺出版社

图书在版编目(CIP)数据

我在一颗石榴里看见了我的祖国 / 杨克著. —南京：江苏凤凰文艺出版社,2021.10(2022.3重印)
ISBN 978-7-5594-6247-3

Ⅰ.①我… Ⅱ.①杨… Ⅲ.①诗集－中国－当代 Ⅳ.①I227

中国版本图书馆CIP数据核字(2021)第176074号

我在一颗石榴里看见了我的祖国

杨　克　著

出 版 人	张在健
责任编辑	孙楚楚　于奎潮
装帧设计	周伟伟
责任印制	刘　巍
出版发行	江苏凤凰文艺出版社
	南京市中央路165号，邮编：210009
网　　址	http://www.jswenyi.com
印　　刷	苏州市越洋印刷有限公司
开　　本	880毫米×1230毫米　1/32
印　　张	8
字　　数	150千字
版　　次	2021年10月第1版
印　　次	2022年3月第2次印刷
书　　号	ISBN 978-7-5594-6247-3
定　　价	52.00元

江苏凤凰文艺版图书凡印刷、装订错误，可向出版社调换，联系电话 025-83280257

目 录

辑一 吾文吾土

我在一颗石榴里看见了我的祖国 —— 003
我的中国 —— 006
苏东坡 —— 011
轻亦敬亭山,重亦桃花水 —— 014
新桃花源记 —— 016
担忧 —— 019
于峰峦上的向田村跟山里娃谈诗 —— 020
躺平的野象 —— 022
仙游寺遭遇白居易伏案疾书长恨歌 —— 025
暴雨中的苏轼 —— 028
天河城广场 —— 031
南海海眼 —— 034
谁告诉我石峁的邮编 —— 036
百年蔗 —— 039
生命的轨迹 —— 042

霍童溪的石头	——	046
晨过石壕村兼怀杜甫	——	048
林散之	——	053
大东湖	——	055
风度张九龄	——	058
疫情中从容的广州	——	060
听见花开	——	063
大湾区的天空	——	067
东方情调	——	070
人的一生总有某个时刻像丧家之犬	——	072
非虚构族谱	——	075
石匠	——	079
人杰地灵	——	081
新水调歌头	——	083
离群的小公象	——	086
大堰河遣怀并寄艾青	——	089
五月二十六日进故人居偶书	——	091
明城墙与海	——	092
平凉行	——	094
我对黄河最真实最切身的感觉	——	097
汗水	——	099
在天河	——	101

辑二　云端交响

在华强北遇见未来	——	107
人工智能美少女	——	109
火车，火车	——	110
绿色自行车	——	114
亲近大国重器智能燎原	——	116
在赛格顶层眺望落马洲	——	119
闻声识女人	——	121
以模具制造簇新的世界	——	123
乘高铁从湘潭到长沙	——	124
石油	——	125
六维空间	——	128
此刻	——	130
在白云之上	——	132
一只苍蝇的生命奇迹	——	134
万江	——	136
时空之门	——	138
电话	——	140
良人择家电而栖	——	144
蓝鲸雕塑	——	146
跨海大桥，或献给港珠澳	——	148
花城广场	——	150

洋山港自动化码头 —— 152

辑三　草木本心

下一秒钟也许就猝不及防 —— 155
被车灯救赎的同一条暗路 —— 157
又见康桥 —— 160
热带雨林 —— 162
温暖之诗 —— 164
诗歌林 —— 165
高秋 —— 166
毁灭奏鸣曲 —— 167
海浪 —— 169
逆光中的那一棵木棉 —— 171
际会依然是中国 —— 173
银瓶山 —— 176
深林花影 —— 178
弥猴桃的奇异旅行 —— 180
元宵节赏樱 —— 182
石 —— 184
湿地 —— 188
过松溪和羊毛溪 —— 190
人并不比鱼的记忆更长久 —— 191

克里斯蒂安·埃里克森	——	193
死亡短讯	——	195
地球　苹果的两半	——	197
北方田野	——	200
蝙蝠	——	202
盆景的修辞	——	205
阴：词的嬗变	——	207
光影编码的摄影哲学	——	209
佛灵湖	——	212
风扛下了所有的罪	——	214
泪雨纷飞	——	215
无地自容	——	216
绿肥红瘦	——	217
鸡的一生	——	218
丛林博弈	——	220
甜蜜的代价	——	221
车轮如转动的人生	——	222
测量海的宽度	——	223
科尔沁禁牧区	——	224
怪柳林	——	226
在瓦口关品茗	——	228
在淇澳岛湿地像唐代推己及人抒情	——	230

红入香山出尘 —— 232
饮者留其茗 —— 234
喜悦 —— 236
诗是写给灵魂相通的人看的 —— 238
为什么水裹着火 —— 243
月色与酒老犹未老 —— 244
2021 憧憬 —— 245
在朗润园采薇 —— 247

辑一

吾文吾土

我在一颗石榴里看见了我的祖国

我在一颗石榴里看见我的祖国
硕大而饱满的天地之果
它怀抱着亲密无间的子民
裸露的肌肤护着水晶的心
亿万儿女手牵着手
在枝头上酸酸甜甜微笑
多汁的秋天啊是临盆的孕妇
我想记住十月的每一扇窗户

我抚摸石榴内部微黄色的果膜
就是在抚摸我新鲜的祖国
我看见相邻的一个个省份
向阳的东部靠着背阴的西部
我看见头戴花冠的高原女儿

每一个的脸蛋儿都红扑扑
穿石榴裙的姐妹啊亭亭玉立
石榴花的嘴唇凝红欲滴

我还看见石榴的一道裂口
那些风餐露宿的兄弟
我至亲至爱的好兄弟啊
他们土黄色的坚硬背脊
忍受着龟裂土地的艰辛
每一根青筋都代表他们的苦
我发现他们的手掌非常耐看
我发现手掌的沟壑是无声的叫喊

痛楚喊醒了大片的叶子
它们沿着春风的诱惑疯长
主干以及许多枝干接受了感召
枝干又分蘖纵横交错的枝条
枝条上神采飞扬的花团锦簇
那雨水泼不灭它们的火焰

一朵一朵呀既重又轻

花蕾的风铃摇醒了黎明

太阳这头金毛雄狮还没有老

它已跳上树枝开始了舞蹈

我伫立在辉煌的梦想里

凝视每一棵朝向天空的石榴树

如同一个公民谦卑地弯腰

掏出一颗拳拳的心

丰韵的身子挂着满树的微笑

2006

我的中国

有人酸甜,有人麻辣,有人喜原汁原味
八大菜系风靡神州,各不遑让
当周游列国,从巴黎到纽约
在刀叉下受虐一周的胃
所有人的味觉,瞬间全被唤醒
炒煮蒸烹的中餐佳肴就是我的祖国

有人粤语京腔,有人西南官话
吴侬软语与东北大嗓门
少数民族语音更是五花八门
各地方言千差万别,互相不一定能听懂
踏上拼音的国度,横竖撇捺方块字就是我的祖国

机翼划过蔚蓝的天空

补天的女娲是我的祖国

船舷剪开波涛的雪浪

填海的精卫是我的祖国

日升东方,见追日的夸父

禺谷在望,那一片辉煌是我的祖国

月落西窗,有玉兔嫦娥

记忆中那一阵桂花飘香是我的祖国

一颗竹叶裹的粽子

抛下去汨罗的万里惊涛

满腹柔肠翻滚的《离骚》是我的祖国

一枚枚月饼向天而拜

岁岁年年的怀乡与思归是我的祖国

万户千家俪采七字之偶,斗艳一句之奇

四海庆安澜万民怀大泽是我的祖国

张灯结彩、点响爆竹、对联红红火火是我的祖国

连年有余,花生、枣子、石榴……

连蝙蝠也成了吉祥的图腾

龙、凤、龟、麒麟,兴云致雨

太平盛世，梅、竹、兰、菊和文房四宝福泽心灵
就是独角兽貔貅也能辟邪
喜鹊、鹤、鹿、十二生肖都是我的祖国

惊蛰，候桃花而棠梨而蔷薇
春分，望海棠而梨花而木兰
布谷布谷，种禾割麦
玉秧玉秧，稻花白练
有序多变的二十四节气是我的祖国
苍龙连蜷于左，白虎猛踞于右
朱雀奋翼于前，灵龟圈首于后
五行、八卦、二十八星宿还是我的祖国

攀崇山峻岭，想起头触巨峰的共工
乘飞驰高铁，踩风火轮的哪吒
在最高的神主宰教堂和寺庙的这颗星球
愚公、大禹和张弓搭箭的后羿
不屈服命运的神话就是我的祖国

看见海雕金狮双头鹰的国徽
金黄的谷穗和黑铁的齿轮是我的祖国
我倾倒维纳斯的断臂蒙娜丽莎的微笑
更迷恋反弹琵琶的飞天聊斋的白狐
在音乐厅听交响乐和花腔女高音
耳边萦绕《茉莉花》和小提琴《梁祝》
在动物园遇见北极熊和袋鼠
憨态和平的熊猫就是我丝绸柔软的祖国

欧洲建筑那石头上的史诗
江南庭院草长莺飞瘦石枯木
关公的忠义黛玉的痴恋
《牡丹亭》的悲欢《西厢记》的情色
李白长安一片月杜甫落木萧萧的秋兴
扇面上的书法，宣纸上的写意
哪怕随蓝色多瑙河圆舞曲轻盈曼舞
胸腔里轰鸣的是冼星海的黄河
浪子回头金不换是我的祖国

红山玉猪龙和殷墟的甲骨上
矗立北上广深簇新的高楼大厦
航天潜海,我依旧怀抱苍老的小小村落
银杏树缓慢生长,让人痛苦揪心
两鬓染霜,身体里流动青春五四的热血
念兹在兹我永远梦想的少年中国

2019.9

苏东坡

他在前朝有两个老哥
一个是仗剑寻仙的李白
恣肆壮游,在酒杯里纵饮月光
另一个小十一岁的老杜
诗口一开就是暮年

唯他生性放达独步天下
把坎坷逼仄的日子
过成了超然自适的宽敞岁月
芒鞋竹杖,拎几两五花肉
洗净,少水,慢炖,焖酥
精心烹制东坡肉、东坡肘子
有滋有味地抿一口自酿万家春

日啖荔枝三百颗，据说不是自己吃
是剥给朝云吃
他心宽体健，像肥胖溜圆的河狸
不停开挖河道
穷其一生用树木、石块和软泥筑堤
一再汇聚数公顷的湖泊

一肚皮不入时宜
却无沉郁顿挫，而豪气干云
月夜徘徊，也自得其乐
胸中有琼楼玉宇，管它阴晴圆缺

前不见杭州、密州、徐州
后不见颍州、儋州、惠州
文二代子由，亦齐步八大家
民间还为他杜撰一个小妹
名贯江湖

宦海浮沉云水苍茫

他进退悠游，豁达从容
巨石压顶，他书写石压蛤蟆体
哪管乌台诗案倒苏之声鼎沸
身心光明奉献赤壁双赋

瘟疫也无法吞噬安乐坊
发明油腻一词的大叔，
善品茶，善绘怪石枯木
天下从此有东坡村、东坡井、东坡田
东坡路、东坡桥
雪泥，鸿爪，大江东去

浪淘尽千古风流人物，卷起千堆雪
三千年就一个率性东坡

2021.5.7

轻亦敬亭山,重亦桃花水

当李白从肉身抽离
一缕烟倒坠

气象不凡的参天巨树
从一粒小小的果核
爆出三百米敬亭,巍然耸峙
幻化为海拔最高的诗山

高飞的众鸟
在青空散尽一片白云
落日铜镜映照天才
超然绝世的孤绝
圆亦经天,残亦历海

卓然独立于群峦之外
他出尘的身姿
有如峭壁,登峰造极的高迈

万壑千山在胸中出神入化
短暂的肉体生命
与亘古自然惺惺相惜
有关知音的隐喻
使旷世的孤独感,片刻消融
另一潭桃花春水瞬间复活

飘逸豪放的李白,推杯换盏
只羡人间不羡仙
淋漓畅快唇齿间那一刻
怦然心动,一死一生乃见交情
醉亦天惊,醒亦地动

2021.5.5

新桃花源记

灼灼桃花
像一滴滴溅在树上的
爱情的血

少年鲜衣怒马，举步生风
辜负了夹岸的粉颜
枝头上环佩叮当，招摇十里春风
一朵红，黯淡了千山

仗剑天涯的翩翩公子
拱手一别，花开花谢孤寂千年
直至桨声咿呀
葛衣麻巾的武陵渔郎，摇醒
别有洞天的世外桃源

哪一抹笑靥,是转世的桃花
哪一步盛放的,是前世的羁绊

桃花劫桃花债,命犯桃花
涉水复涉水,逃逃逃,逃到烟之外
春风江路上,不觉到仙家
桃花髻桃花腮桃花眼
终于安心这不寻常的山水
桃花的精魂月白风清
飘洒遁世了无牵挂

而今武陵溪上,骤见你临水梳妆
桃花乱落如红雨
问津亭,豁然台
姑娘含羞,桃花也含羞
触碰了我内心的那一念
若是桃花开了你不开
姹紫嫣红也是苍白

此时,南山依旧嵯峨在远天

东篱的菊花怡然自得

我写下的诗,就是夷望溪和厮罗溪

漂落的桃瓣

流到仙源陶氏族谱,第二卷第十六页

一回头桃之夭夭,灿若云霞

落英缤纷的此刻

记起我是五百年前负了小姐的书生

庄周的蝴蝶在梁山伯的身体醒来

2018.11.9

担　忧

子夜时分，一声响动
八十多岁的老母亲
一手扶着步行架，一手拖一张椅子
一点一点挪到我床头

我惊得坐起
自从做了髋关节大手术
全家人都害怕母亲再次摔倒

"我怕你睡着从床上掉下来"
她说

2021.5.9　母亲节

于峰峦上的向田村跟山里娃谈诗

旁听的还有

润如酥的漫山大雾

而我布下诗的毛毛雨

此时也浸淫桂花杜鹃茶树杉木红豆杉

还有青枫棕榈漆树楠木雏菊

火棘龙胆野蕨菌子和蘑菇

学前班至六年级的孩子

坐成一排排云遮雾罩的小树苗

一头雾水也朦朦也胧胧

潜移默化吸收语言的水汽

或像风中摇曳的叶子拼命甩掉水滴

他们原住山巅,比我离天空更近

眼睛就是闪闪发亮的星星
他们的求知欲也更返璞鸿蒙
虽然内心单纯如一堆地里的红薯

或是聒噪的一群幼鸟
渡鸦老鹳喜鹊画眉猫头鹰
吃了饭豆小米荞麦稻谷此刻咽下字词
更多的是叽叽喳喳的麻雀
几百种鸣叫，最本真的心声和弦
这才是动人心旌的音乐和诗歌

突然，朝霞中红日破空
我看见最高的山顶上有一棵很漂亮的木荷树
树尖站立一只白鹭

2020.11

躺平的野象

向北，向北，祖先的
豫地才是最初的巢

干燥松软的毛草地
土豆似的野象群，环绕成一团
好温馨的一家子，睡姿萌萌哒
大耳像蒲扇
偶尔扇动一下，风就来了
蜿蜒的四足，彻底放松
仿佛弯脚就能飞起来

小象娇憨蜷缩在中间
一只脚亲昵抚摸母象的腹背
伸伸懒腰，踩到

一旁大象的鼻子和脸

当它从象群中间探出身子
一头母象站了起来
四条腿像移动的树桩
鼻子摇一根树枝,尾巴轻轻甩动
为小象驱赶蚊蝇
长辈呼吸平缓,树叶轻颤
生命的爱在升腾
整座大山俯下身子
像参天大树捧着一枚鸟蛋

而遥远的另一座山峰
一头雪豹巡视完自己的领地
躺下睡觉。它温驯平和
肚皮一起一伏,梦中翻了一下身子
打一个哈欠,继续酣睡

在人类固有的印象里,野象

总是像一台台推土机
哐当哐当横冲直撞
出击的雪豹像雪亮的刀锋闪过
它们躺平,原来是如此可爱

2021.6.16

仙游寺遭遇白居易伏案疾书长恨歌

像一只激情难抑的蝉,彻夜不停抖动
仙游寺,子夜伏案的县尉
在诗的鸣叫中,脱去躯壳
蜕变为语言王国的皇帝
心旌摇曳的恍惚中
眼前的楼观渐渐灰暗起来
两个赤裸的灵魂急疾扑进华清池
唐朝的皇帝老儿和贵妃
如同臣民,听从他文字的调遣
坠落的欢愉和生命欲望
沿着一行行诗的路径
将一场蹙眉尴尬的离合悲欢演绎为良善的至爱

神游八极的想象是有边界的

生活才是文学的最高主宰
欲仙欲死的是人,不是词
在神启的精神漫游中
皇帝和妃子的轨迹牵引着他的思绪
他依旧是臣子,如同敬事房的小吏
记下玄宗对爱妃的宠幸
他的命重合了他们的命,雌雄同体
他幻化为明皇和妃子,身体与
心境,忽而抛上云端,忽而跌入谷底
长歌当哭乃至撕心裂肺
在秦穆公之女弄玉与萧史相爱之地
他的想象也许还掺杂了更遥远的男欢女爱
好友王质夫说:可歌可泣啊!

何以不早朝,御印是天,天子盖哪都行
就是盖到似水柔情时不行
长恨短爱,不过是七律与五言
乐天深于诗多于情,唯有大手笔润色
爱的灰烬复燃,先帝和娘娘的肉身

方能永生为两座丰碑

天长长不过情长,莺鸣草长
仙游寺是原点,手机正涌动一首诗的流量
是乐天创造了皇帝和妃子的传奇
还是他们的情爱成就了他诗的巅峰
敞亮的唐代,有此大胸襟
包容了芝麻小官对皇帝糗事的铺排
诗不朽,霓裳羽衣包裹的凝脂不腐
天空的铜镜里,唐明皇杨贵妃正飞升而过
寺院竖立狂草《长恨歌》诗碑
一代伟人手书至半掷笔于地
此恨绵绵无绝期,云端坠下一对男女

绷断的弦,戛然而止

2020.10.9

暴雨中的苏轼

一天的降水量为二百五十毫米
是为特大暴雨,乌云无罪
雷电无罪,龙王更非替罪羔羊

还记得苏轼任徐州太守
千年前可有竹筒量雨?
只分辨雨声淅沥,雨落如线
润湿石板和屋瓦
还是倾盆四溅,路上积水
水潭漫溢

当黄河冲决澶州曹村,泛滥梁山泊
洪水包围徐州

苏轼站在堤岸

大喊：吾在是，水决不能败城

写诗要慢，治患得快

东坡不用大水成就

东南风，雨祖宗

暴雨与大气运动有关

为官也须知天文地理

暴雨不是暴政

治水御水，福泽后世

河道是大地的排水通道

如人之血管

暴雨所引发的山洪、泥石流

也非天气的修辞

当雨水横穿北纬四十度一线

纽约，德国，比利时，河南

我眼前顿时浮现东坡湿透的身姿

闪电不是诗句，不会照亮灾难的源头

2021.7.31

天河城广场

在我的记忆里,"广场"
从来是政治集会的地方
露天的开阔地,万众狂欢
臃肿的集体,满眼标语和旗帜,口号着火
上演喜剧或悲剧,有时变成闹剧
夹在其中的一个人,是盲目的
就像一片叶子,在大风里
跟着整座森林喧哗,激动乃至颤抖

而湿热多雨的广州,经济植被疯长
这个曾经貌似庄严的词
所命名的只不过是一间挺大的商厦
多层建筑。九万六千平米
进入广场的都是些慵散平和的人

没大出息的人，像我一样
生活惬意或者囊中羞涩
但他（她）的到来不是被动的
渴望与欲念朝着具体的指向
他们眼睛盯着的全是实在的东西
哪怕挑选一枚发夹，也注意细节

那些匆忙抓住一件就掏钱的多是外地人
售货小姐生动亲切的笑容
暂时淹没了他们对交通堵塞的抱怨
以及刚出火车站就被小偷光顾的牢骚
赶来参加时装演示的少女
衣着露脐
两条健美的长腿，更像鹭鸟
三三两两到这里散步
不知谁家的丈夫不小心撞上了玻璃

南方很少值得参观的皇家大院
我时不时陪外来的朋友在这走上半天

这儿听不到铿锵有力的演说
都在低声讲小话
结果两腿发沉，身子累得散了架
在二楼的天贸南方商场
女友送过我一件有金属扣子的青年装
毛料。挺括。比西装更高贵
假若脖子再加上一条围巾
就成了五四时候的革命青年
这是今天的广场
与过去和遥远北方的唯一联系

1998.11.26

南海海眼

天是蔚蓝的上眼睑
海是湛蓝的下眼睑
通体透明的白云，浪花
翻卷的睫毛
掩映　深不可测的海眼
无限的深蓝
看不见幽黑的瞳仁

大海是一头凶猛的母豹
永不止息地咆哮，腾跃
倾天下之水也难以填满海眼
永乐蓝洞美如豹斑
开在晋卿岛与石屿的礁盘中
一个无底之谷　它是

时间纵深处的休止符
归墟吸纳宇宙的风雨雷电

自上而下的海鸥跨海凌空
深入浅出的飞鱼不拘形迹
亿万斯年　它总是那样神秘
目睹明代赵述的宝船
和我今天乘坐的小艇，被同一个风暴
喊住。前行是涛声
再前行也是涛声

沧浪之上，一定有一个伟大的设计师
挥动时光之棒
指挥张牙舞爪的风暴
奏响众水交响乐
直到瞬间形成这洞天福地

2019.2.13

谁告诉我石峁的邮编

入其阛阓,我想给荼女写封信
四千两百年前,那时还没有文字
甲骨卜辞也锲刻不了我的深情

文明的前夜,她在石峁
遗址那时还不是遗址
从内瓮城寄到外瓮城,可有猿声
穿过古地图,所有的字皆僻字
仿佛密码,她读不懂不要紧
就像我此刻读不懂彩绘几何纹

四十八个人殉头骨,多为少女
她们是荼女的姐妹,是她祖母的祖母?
云遮雾罩时期,一切皆影影幢幢

哪怕其后千年的申公豹
豹额圆睛确有其人，何为传说
《山海经》确有山海
还是神话或想象的海市蜃楼？

当覆盖的黄土被大风吹尽
塬墚赫然耸立一座孤城
石头大道通向城台，我绕过石垣上的
木架构，走进她家石砌的院落
出其东门，赤县，华夏，神州
历史之前，其实就是文字之前
她到底是甲骨和诗经的先祖
还是迁徙他乡湮灭了的异族
我将信寄到瓮城，朝代一直瓮中捉鳖
石头像和玉人面高鼻深目

我到了陕西神木，却一直
到不了她的石峁。地理上的起伏
暗示心理上的连绵

至于信寄与不寄

石峁本就在那,而她也许只在梦中

2021.6.4

百年蔗

想是雍正四年的月光
栽下如许白糖的根须
从清明到小雪
山而水,天而地

虫子从蔗根探出小脑袋
第一缕阳光溢出甜腻
山涧松溪长流,鹅卵石用花朵
盥洗春天

历史在研习与当下同步
我咀嚼一座古村落之清甜
犹似魏家栽种的宿根
萌发新株三百年

与稻菽共享这片土地

时空的旅行者
用犁耙耕种落日炊烟

萤火虫搬运黑夜背后的故事
传递着野生植物的顽强
它们依靠大自然的力量
隐匿在荒芜中,与世隔绝
当它们从杂草中剥离,换上
素洁的外衣,延续生存
与更替的朝代彼此凝视
连绵不绝的蔗园
展开暖阳的笑脸

甘蔗的生长如同人生
从种苗栽入土中,进入萌芽
翠绿的叶子
有一种安静的动态在储存能量

旷野上，草木不只是凋零
岁岁清发。从分蘖期到伸长期
甘蔗袭出的香馨
迎风而妆，渗入世象
我听不懂它们的话语
却能看见那挺直腰杆望天的姿势
和蓄势待发倾尽所有的力量

出生是一种高尚
而死亡是另外一种重生
甘泉般流淌的生命从未停止
似竹笛却不中空
节节高松脆清甜到尾
一株植物经过层层工序
被加工成红糖
留给后人的不仅是那抹甜蜜
打开古旧的包装，我仿佛正在
加入一场摈弃奢华的迎生仪式

2021.6.1

生命的轨迹

我去过泰山的通天街
黄河干流第一个峡谷,茫尕峡
响当当的地名,甚是铿锵
有的地名古怪得离谱
广州一座桥叫三支香
北海老街有一条摸乳巷
穿紫河,停弦渡,丽思卡尔顿
这些土名洋名像小春天
有的地名我只约摸知其意
一粒锡沙,十二背后
而海拉尔,森波拉
它们读起来比音符更动听
我认识每一个汉字
却不知是什么意思

天雨粟，鬼夜啼，仓颉
也绝没想到后人组词的魔法

诗人都喜欢浪
李白走过八十多座山，六十多条江河
浪迹天涯，却只是观沧海
所谓地名，就是陆地上的名称
苏东坡流放天涯海角
他的芒鞋，也从未深海踏浪
而今天我终于到了南海七连屿
它们就像一条珠链一串花环
这不是比喻，而是实指
在深海，才知海水是墨绿色的
海浪比石头硬，一浪一浪
打得小船梆梆作响
一座岛叫赵述，是明代使节的名字
另一座北岛，遍布珊瑚沙和羊角树
跟诗人没有关系，是海龟的家

三月我将去的地方
叫普者黑，彝语的地名喜欢普字开头
还有普洱，而法国的普罗旺斯
不姓普，只是音译
一首骑士抒情诗
那是薰衣草的故乡

行万里路，古人喜欢带上家乡
孟浩然叫孟襄阳，康南海便是康有为
张九龄便是张曲江

人杰地灵，也有因人名而成地名
有唐宋八大家韩愈，才有广东的韩江

还有河南的范蠡镇，谁不知
他带着西施太湖私奔
而孙逸仙的中山，之前称香山

舌尖上的苏轼，以食为天

似从未到过盐城酒泉茶陵蚌埠谷城
鱼台枣庄，这些地名秀色可餐
还有梅县与柳州，花与树之城
至于东阳、南昌、西安与北京
不用看北斗就知方位

翟永明的白夜已闪耀成一个中文地标
而我写下的花山，东莞的一小块稻田
还有桃花源，天河城广场，也算是
我精神的地图，诗歌的胎记

2019.2.15

霍童溪的石头

时间如初醒,乌水踩舟
留别吴君春庭已成绝响

只有它们憨态可掬,像一个个
永远长不大的顽童
在水边嬉戏,虎头虎脑
在风声中捉迷藏,先把童心
藏好,再把天真找到
大自然的儿戏在这永不
落幕

又像一头头乌猪
将热烘烘嘴巴拱进水里
吸纳天地灵气

拿虾飞鱼跳做文章,溅起
一串串白玉,石头的童声
很是单纯

沿溪古木倒影氁氀
鲈莼返棹,鸡黍留宾
人往人老,只有石头永是少年
偷闲欲学枝头浮动的桐花
清澈的河流,干净如初心
而沿溪的香樟、大榕树
细长垂拂、纷披散乱
多像美髯老翁
溺爱地看着河滩上的少年

2019.5.16

晨过石壕村兼怀杜甫

暮投石壕村,月亮
一把明晃晃的弓刀
夜夜捉人自茅檐柴荆
而洛阳,而长安
而咸阳,摇摇晃晃中
再重的行囊,无非是乡愁

乌黑发亮的一块焦煤
闪现老翁黑黝黝的面容
石墙还在
崤函古道依稀可辨深辙浅壑
石房、石窑、石桥、石洞
满沟石头一个劲地述说

这就是石壕村

再多的颠沛,无非是诗句
如缰绳拉着马车
满载着安禄山踏碎的
河山,秦中百姓的号哭
刮一川风雨
这世上疮痍,每一个醒着的字
都成了难民。

新安,潼关,石壕
大写的"史"字横着一条扁担
挑成了吏。一头是国难
一头是民穷,一头是
你的悲悯,一头是你的
痛斥

如今我晨过石壕村
露湿青苗,泪染一部诗史

少陵台,杜工祠,都不足
匹配你丧乱时代的大爱
轻狂谁不羡?来,裘马啊
放荡谁不想?走,齐赵啊
三十岁以前相遇谪仙人
三十岁以后唯见老杜

自此,遣胸中块垒
营大唐苦难的丘壑
"子美",因先生美文
战乱熠熠生辉。紫台纵连朔漠
青冢横向黄昏,数朝消息断
历代雁过尽,你一把老骨头
是丰腴唐诗中最冷硬的钙——

如今我遇见一千三百岁
史上最清癯褴褛的诗人
在石壕矿,杜甫就是贫瘦煤
焦炭不可或缺的骨架

笔底袅烟,心头堆烬
增添了诗的浑厚和重量

你的后进苏轼在岭南
苦中作乐,日啖荔枝三百颗
伴朝云,食东坡肉
你以苦为苦,用淋漓的鲜血
酿诗歌的甘露,只有你感时
花溅泪,恨别鸟惊心

比你,我多了一座义马新城
比你,我却少了一个石壕村
不朽的诗圣,如今已安得
广厦千万间,又怎大庇
你的天下寒士俱欢颜?

子美,你未过此村时,老翁老妇自开自落
黎民苍生同归于寂
你暮投石壕村,此时此刻

便从历史纵深处明亮起来

再多的悲苦,也抵不过你当年

投递在诗句上的安慰

2019.6.11

林散之

仿如柔韧的老藤
聚墨圆润瘦劲，散锋一枯再枯
墨尽时笔走龙蛇的擦痕
像断了的骨头连着筋
纤细处丝丝缕缕
萎涩焦枯犹见意蕴
血脉鲜活，透着一股劲道

如雾飘远，见山露水
字后似有几粒鸟鸣
声透笔底，迹虽轻力犹在
墨走古道，小桥流水潺潺

柔软荒疏的散淡之人

锋芒渐收,散漫至全身而退
仿佛从不存在
才是隐忍坚韧的化境
金石取其轻,兰草取其秀
杏花春雨轻盈的江南
木竹残荷涵养弱德之美

笔锋翻转,退无可退
线条妙趣天成
直抵寂静虚无

诸法无法,无求而求
诸家无家,林氏独家
怀素与王铎合体
灵魂散之左耳
笔落天垂,墨成尘坠,
仿佛一切皆天意,现代草圣
几达无人之境

2021.6.9

大东湖

东湖是古人遗忘给现代诗的
湖面似一张巨大的纸,那么干净,那么白
烟波万顷,无垠的水一望无涯
没有书写,没有落墨
从崔颢到李白,有那么多人吟咏黄鹤楼
俞伯牙和钟子期,有那么多传说留在古琴台
一代代文人的盲瞳,竟无人发现百湖之湖
屈原至于湖滨,披发行吟泽畔
楚地方言让浪漫主义源头不见大湖端绪
楚庄王也曾在此击鼓督战,刘备也在此
设坛祭天,空余白云随波悠悠
湖畔放鹰的太白居然也没有诗兴大发
远方的西湖是古典的,存在于比喻之上

九溪烟树，柳浪闻莺，断桥残雪
淡妆浓抹的西子，被人指指点点
分割为一个个美丽具体的局部
这是眼睛，这是腰肢，这是手指
而东湖大得让你无法逼视
它是一个整体，恢弘气象
如同头上万里晴空，它那么空阔
无法东一块西一块进行命名
如同大海，它那么浩瀚
无法左三丈叫什么，右八尺叫什么
它坦坦荡荡，以大开大阖的沧浪
呈现大自然的本来面目
这里岛渚星罗，梅妻荷妾成群
千百品种衔接冬夏
以一花永远无法窥全圃
九女墩、朱碑亭，也徒留迷茫的风声
丹顶鹤、金雕、东方白鹳、绿孔雀……
它们爱城中的这片大水，和波光潋滟的世界
这城市充足的雨量与光照

它们年年来看樱花与荷花

就像天上的亲人回家

2019.7.4

风度张九龄

隘子镇，石头塘

一块鲤鱼形的山地
突兀的鱼眼睛
立着布衣少年张九龄
他躬身，膀子肌肉绷紧
一柄瓦亮的锄头，扬过头顶
猛地挖下，锄刃切进泥土
砾石摩擦发出清脆的声响
一轮轮挥动，回转，砍下
土块夹杂草根，不断翻出
形成新鲜湿润的土坑
他蹲下，屁股撅起
小心翼翼种下一棵桂花树

用脚踩实新泥
从井里拎来半木桶水
葫芦瓢舀出，浇下
开元的形骸。如月上桂华
影影祟祟

此时山峰如聚，万壑奔流
林涛怒吼，去游冥冥
孤鸿一生，何须见海
肉眼之限，返思归心
思来江山外，望尽碧波生

一个鲤鱼打挺
海生明月，朗照他跃上唐诗第一首
流光万里同
地窄山高，奈怀远者何

2018.2

疫情中从容的广州

没有一个人嫌弃
那个饮早茶染疫的阿婆
花城从来云淡风轻
富豪常年穿拖鞋短裤
去大排档喝艇仔粥

早茶是叹,夜宵也是吃
葱多盐少,单枞茶里划龙舟
哪怕囊中羞涩,颜值有亏
初遇每一个人都叫你
靓仔!靓女!

这就是广州,敢当,敢挡
以一城之力

每天隔离三万境外来客
更多是国外归来的亲人
广府,一概不拒之门外

花城只恋花,繁花乱眼
市民其实也是花,木棉,凤凰花,三角梅
某某与某某,他们一一出列,花骨朵
和花骨朵,就这么连成一体,繁花似锦
一人成就一个城
敢为天下先,先挡这病毒
小蛮腰有大担当,白云机场
任一个人来到这都宾至如归

危机和意外来临时,广州人
彻夜排队接受排查,没有抱怨
大雨倾盆。核酸采样的护士没有躲
市民也没有避,打着伞
遮住了看不见脸的护士
而旁边的医生也没离开

红色塑料椅套住头，雨打芭蕉

没封城，大街也空荡荡
上下九也从没这么冷清过
居家煲汤，喝茶，闲看一片云
自顾自生活
志愿者和上班族，依旧忙碌

2021.6.2

听见花开

海螺吹亮春天,花蕾返回树梢
橙紫红的云霞在青白蓝的海水聚拢
每一朵浪花都涌动在港湾

紫荆破蕊,赤柱,大潭笃
石排湾,阿公岩,水井湾,渔民听见
油尖旺、九龙城、沙田、元朗,穿过百年雨境
花苞逐瓣绽放
花香浓郁,花萼依托不离
香江碧波尽染,奔涌如巨龙
五片花瓣环抱,凝成东方之珠

帆影凌波而起,从不同维度
衬托太平山顶的高度

三千城楼拨开繁云，海岸抖落夕烟
维多利亚港绚烂的焰火
喷射百年金灿灿的烟花

从《诗经》中飘然而至的清荷
绽放在盛世莲花的岛屿
人们在波涛上种下莲子
澳门半岛、氹仔岛、路环岛
绿岛叠翠，随物赋形
台面江湖翻涌，花影震颤

当花朵张开眼睛
从青潭中出浴
横琴像一张碧叶，弓舷传情
新时代的景深，取代大三巴老旧的钟声
聆听时空相遇的故事，映日绵长

剪一段南风织梦，缀半缕花魂凝香
千年的小渔村，与国际大都市相拥
我沉醉于三角梅火焰般的辉煌

这年轻力壮的城市，用一双
高智能的无形大手，把全世界拉近

那些从远方迁徙而来的叶子花
扎根于晨风轻抚过的沃土
南方以南在诗意里换装
手持贺春红的深圳
用奔涌的血液诉说时代的心声

芭蕉沾着滴露，晨暮亲吻天穹
坐着游轮观看"小蛮腰"
塔顶的桅杆深入半空

木棉花的手指与之遥遥交缠
红艳不媚俗，花落不褪色
壮士风骨，让花城的底蕴更雄浑

一排排玉兰树清芬了东莞和佛山
好比毛笔尖蘸白云写远天
东江与西江仿佛神来之笔

点染虎门港、松山湖和小西湖

罗浮山、西樵山、鼎湖山

宛如硕大的花蕾,独秀岭南

三水枝发并蒂,日月贝剧院像花瓣盛开

清晖园、梁园、余荫山房、可园则像飞絮

五桂山、翠亨村、外伶仃岛

湾区何处不飞花

东风吹来满眼春

听心花怒放

紫荆花笑了,荷花羞了,三角梅

柔韧了,木棉花更红艳了

白玉兰送上绿水青山的祝福

仿佛所有的花瓣,都闪动着

最动人的词。越开越浓的花朵

一张张笑脸,像花伞撑开

大湾区,潮起正扬帆

2021.4.18

大湾区的天空

飞机展开巨翼,更真实的鲲鹏
扶摇而上,逍遥游青空之巅
以风的弧线划一道道轻烟
航线纵横交错,每一条
都打通大湾区的经络

密密缝了世界最大的一张网
撒向天空纵深处,繁星如鱼鳞

从一万米的高度俯视大地
赤鱲角、氹仔、宝安、金湾、白云
五大国际机场,密布世界级城市群
就像一座座缩短时空之距的巨擘

百十万人像一群群鸿雁
同时在三万尺翱翔

银色羽翎携带千般祈愿
万里关山牵动梦的摇篮
山水悠远，而又近在咫尺
南中国的天宇呈现轰鸣之美

这里的天空最开放
翱翔的身影，骑鹤跨飞马的追梦人
连通四大洋七大洲
无垠的苍穹中，日月、流云
与河流彼此照面
沿着引领未来的导航仪
从金海岸出发

孩童放飞竹蜻蜓纸鸢孔明灯
与身着彩凤的女航天员对话
一条巨龙脚踏七彩祥云

正羽化成仙,珠江,香江
濠江,合力把南海掀起如同飞毯

2021.4.18

东方情调

爱情总是在春天产生的
有月光的夜晚
河流像丝绸一样柔软

总是远远地守护一朵花
彬彬有礼的使者
总是不敢贸然掐去它的香气

总是远远地注视
织一张若有似无的网
总是像一只耐心等待的蜘蛛

最后那位饥寒难忍的美食家

总是猛地一扑
秀色可餐

1994.3.11

人的一生总有某个时刻像丧家之犬

——芒砀山孔子避雨洞

乌云驼背

万箭穿心的不是透明的雨

看不见的暗箭四处横飞

一根根钉在夫子身上

穿邑过郡,他喘不过气来

衰老的刺猬一路颠沛

席地讲座,风中的大树

突然被流言蜚语刮断

祭祖,旧居竟无寸土立锥

夫子的内心早已千疮百孔

像乡村茅屋破旧的筛子

一个炸雷,盖过讲学的声音

苍天鬼哭狼嚎，声如山洪

他嗓音尖细，有些沙哑
苍山如海
人孤独似一叶扁舟
高大的身躯佝偻下来
矮过山洞外的土包
如一只匍匐的丧家之犬

唯有岩洞狭窄的空间，多么温暖
白面弟子，几粒被怀抱的白果
先生眼角浑浊的老泪
怯生生爬出
滋润了芒砀山的青葱

如今，两棵撑破青天的银杏树
映衬夫子山的巍峨
他们的灵魂，一个个
仍在洞里游走

不时探出身来
好奇地眺望这个世界

一行诗人逶迤而行
绕过陈胜墓刘邦斩蛇碑
在梁汉王空空如也的墓穴停留片刻
静穆岩下，像删剩的诗三百
我是其中的一首

夫子讲课的声音穿云而过
湿润空气里，几只旧家燕子
在头顶上翻飞

2019.11

非虚构族谱

脚踏梅关古道
鹅卵石铺就赣雨粤风
七百九十七支家族,打珠玑巷走过
帝高阳之苗裔兮
屈原的《离骚》穿凿附会
许多姓氏的家谱生拉硬扯上一个名人
唯杨姓的祖先确凿无疑出自姬姓
日升汤谷,地长扶桑
云游了三千年的姓氏
无愧于天下的荣光

或周宣王子,或周武王孙
或晋武公子伯侨
杨姓的"三江源"

流自西周王室的血脉
如同长江、黄河、澜沧江
从青藏高原腹地涌出
《诗经》带着汤汤深情的女儿
倩兮,盼兮,薇兮,莲兮

咿呀声中,苏三离了洪洞县
十八次人口大溃堤,洪水漫灌
岂止是起解?一千二百三十姓
流散华夏。洪洞是杨国
杨以国为姓　四千七百二十万后裔
管他弘农堂、关西堂、四知堂……
杨柳万千条,枝连大槐树

坚乃隋朝开国皇帝,江山如画
非凡的大运河,愧了当代
利在千秋。逐水而居
城市像茂盛葳蕤的水草
科举让草根开枝散叶于庙堂

杨万里一代诗宗

今日诗坛谁是主,诚斋诗律正施行

廷秀恭列南宋四大家

杨慎乃明代三才子之首

玉环姿质丰艳,善歌舞,通音律

文行,武也能——

一口金刀八杆枪的杨家将,名震玉金

药酒飘香的汝州

在四百年前治疗了

官场的支气喘

杨震夜拒县令十斤黄金

当今中国,千家万户

没有一条家训比他的更恰当

适合不同姓氏的官员铭记

过江之鲫

也无法比拟这四十年南下的人潮

东西南北中

有谁翻越大庾岭、驰过驷马桥而来?

"天知,神知,我知,子知。"

2019.3.26

石　匠

一凿，一凿
削石头的皮，切岩石多余的肉
石屑像潮水一层层退去
不知道要凿多少星星，才能修正一张生命的脸谱

青石的筋裸露，白月升起
花岗岩显现肌肉的纹理
肋骨湖青峰白，一次次镀亮惠安的天空

一琢，一琢
一步一莲花，芬芳朵朵
戾气和俗尘随风散去，暗合了时光的轻

狮子，麒麟，貔貅，大象

马，老虎和猪
哪怕一只螳螂一枚枯叶
每一颗石头的心性里醒着佛陀

一凿，一琢，当石头已成传说
蜕去肉体凡胎
挣脱的也是他自己的皮囊
石匠的魂，盈盈如皓月

2020.12.28

人杰地灵

海天在这缠绵
生了大大小小的岛屿
闽浙要冲,海滨邹鲁
想想宁德,是多么宁静与安宁

海洋的大孕
育有青、黑、元、黄四屿
日出东方,江水如霞彩
山峦似大团大团的蒲花
还有瀑布、峡谷、奇峰、悬崖
异石、怪洞,这是神工
与人文共同联手的杰作
钟灵毓秀如出一辙
集合了世间最有灵性的村子

云气村,九仙村,扶摇村
云淡村,风吹罗带村
一条条溪流蜿蜒逶迤
一口气念了这么多村名
动用了白玉溪、棠口溪、后龙溪
还有金造溪的舌头

2019.5.18

新水调歌头
　　——兼寄子由并远斟太白

一

子由，怨只怨青天太小
而壶樽太大
月光总也斟不满
元符二年的柚实和椰叶
知不知江和村子
堂前两棵老橘红几声咳嗽的下落

鉴江的月亮也忙了一整夜
长安早已陷落，纵一仰痛成丙辰中秋
也不必惊动琼楼玉宇了

石龙井水早已盛满
数瓣橘子花的乡愁

乌台诗案与再放夜郎何等相似
从天宝到绍圣,从化州到儋州
子由,只有你家的拖罗饼
助我送酒且佯狂半夜
谪仙人的樽中月影,和我手中月轮
何等神似,仿佛一咬就缺半个大宋
当我嚼到第二口时,我把辗转入喉的李诗
念成苏词,还是相同的方言

二

小饼如嚼月,中有酥和怡
我满齿的月光沾带了
多少杏仁桃仁花生仁麻仁瓜子仁
那么恍惚
我不是浣溪沙你也不是念奴娇

巧出饼师心，貌得婵娟月

来来请坐，罗江边上
我要与你共饮
在这历史上月亮最耀眼的一夜
这千古一聚，
摆上拖罗饼，闲话江和村
唐诗与宋词都在此失踪
就像再长的江河终要入海

2015.5.6

注：1097年，宋代大文豪苏轼（字子瞻）被贬往海南任职，传闻绕道到贬为化州别驾的苏辙（字子由）家中品尝拖罗饼再赴海南。他食后赞不绝口，称"小饼如嚼月，中有酥和怡"。

离群的小公象

断鼻家族出了一个叛逆少年
它贪玩,独自闯进另一块农地
哇,好多玉米,菠萝,香蕉
"我找到了一个好地方"
它朝象群大声隔空喊话
没象理睬,它们兀自从容远走
它只好在水塘里一甩一甩吸水
然后腆着圆鼓鼓肚子在草坡打滚
隐蔽在丛林的树影里,自己跟
自己捉迷藏。

隔着两个山头,它也不孤独
用次声波跟十多公里外的象群交流
像自带超能对讲机,传音入密的

丛林高手，从不担心失联
偶尔彼此交换气息，尿液的气味
一比十五，孤单与集体
在小公象这不存在什么掉队

众乐乐不如独乐乐，一头
胜一群，小家伙长得很壮实
生存能力超强，绝顶聪明
隔三岔五离群出走，还入村抢食
十天数月，又归队跑回象群

也可能是不想被家族再当作小孩
独立意识渐强，不乐意被头象管束
傲慢地以成熟的公象自居
在群里找不到理解自己的同伴
用出走来确立"自我"的非凡
强化个体生命的独立存在

或作为一头公象

终归要进入别的象群交配

避免近亲繁殖

它提前实习，先锻炼一段时间

雄赳赳气昂昂，走过夕阳乡高粱地村

小公象正沿着小石板河沿岸

缓慢搬动西南方向的天空

2021.6.18

大堰河遣怀并寄艾青

接天连叶的大叶荷
你的花朵盖住了整个夏天
金华方音一拐弯,就成了童养媳
雪落在你收麦晒豆的地上
火把点燃于你烧饭熬汤的动作

你的婺江雅号双溪
梅溪,外畈溪,玉泉溪
八仙溪,航慈溪,通元溪,梓溪……
水清水浊十八条溪
大堰河,你依旧静静地躺着
额头上没有衰老的痕迹

你奶大的孩子

顺着水路去了远方
一路派发黎明的通知
我听见你的笑声
在语言的礁石上溅起浪花

时间滚动着他那辆手推车
每夜的潮汛都带来光的赞歌
引来了许多许多的诗人
这些都是你的孩子啊
大堰河

2016.6.21

五月二十六日进故人居偶书

畈田蒋村是一颗晶莹的黑眼珠
艾青故居是炯炯瞳仁

此刻这只眼睛满含泪水
雨,下个不停

2016.6.19

明城墙与海

白色花岗岩垒成粗粝的城墙
那是一张沧桑的石脸
高于大地,也高于狂潮
抵挡风暴,挺立百战百胜的戚将军

城内的麻石老街,静得像卧蚕
石房子、红砖厝、木板屋
岁月的斑迹透出祥和的气息
绵延的墙堞和箭窗蜿蜒石头的花环

雪白柔软的浪花刹那凋谢瞬间绽放
古城外的海湾,花开花落亿万斯年
女孩脚踝下的潮汐,来自遥远涌浪的翅膀
翩飞的海鸟,看不清踪影的鱼

随潜流和风,将抵达命运的另一片海域

墙内,渴望温暖的拥抱
墙外,敞开无垠的胸怀
龙口吞咽的湛蓝
狮石晾晒的晚照,夕阳更低
日子更高,站成千年古城

2020.12.30

平凉行

云向西北去，衣上凉意渐深
一条"上天梯"，跃上崆峒山
层林叠翠，前面就是
定西和白银
哪里的平凉才算是平凉
不见青草王孙路，不入朱门帝子家
不减当年滕子京的豪迈
到回山，不为朝圣，只为
喊回我的三秦与五原

五台之上，明慧禅院像盛开的莲花
那么多宝刹，那么多梵宫
那么多道观与古塔

水流,风吹,树动,鸟鸣
弹筝峡音韵不绝耳,千年弦歌声

西出咸阳有绿荫
陇上旱码头,人欢马叫
好一座现代新城
泾河与胭脂河
仿佛两根大辫子晃到你面前
豹尾虎齿而善啸的西王母
养育了如此俊俏的高原女儿

忍泪辞文王,古灵台犹在
凝眸送塞鸿,封神榜往矣
受孕首尾相交的阴阳鱼,伏羲降生
谁站在八卦的源头古成纪遗址
恍惚回到《山海经》
陇山入天云根静,驭鹤仙子同飞升
再往前,塞马与疆雁
仍飞驰在古丝绸之路上

驼铃声声,落日青山路似一绳
关外你望暮云,我眺飞鹰
千年梦觉君何处,刚醒,刚醒——

2019.6.25

我对黄河最真实最切身的感觉

异常宽大的河床,几乎静止的水滩
我在心中默想"哦,这就是黄河"
静静地看着,它缓缓地淌

一个四岁的孩子,坐在我对面
他爸爸为了让他睡好,整夜都站着
孩子在早晨醒来,靠在火车的窗前
看着窗外发呆
经过郑州铁路大桥时
他突然叫了一句:看,黄河!
我和他年轻的父亲都震住了

他爸爸正趴在桌上睡觉
抬头问我,是黄河吗?

我说：是！

孩子真的很小
搞不懂他怎么明白那是黄河
而且我能感到他心里升腾起的神圣感
这就是血脉啊
天生在中国人的骨子里
那个孩子看到的
和我年复一年看见的一样
都是河床，水滩
水滩，河床
巨大的黄色的河床
并没有奔腾的水流
可那一刻
我俩都感受到了黄河的震撼力！

2010

汗　水

热风从远方吹来,穿过人群
却抚摸不到天使的面孔
一颗汗珠召唤更多的同伴
从防护镜直入口罩中
慢慢沁透包裹严实的防护服

撕开一包新的医用棉签
用三秒钟的时间探进喉咙或鼻孔
动作不停重复,手臂麻木,
眼前一张张担忧和感恩的面容
变了又变,却从未间断

洁白的防护服把黉夜照亮
得知数以千万的核酸检测

阴性。被汗水攻陷的医护人员
瘫倒在地上，疲惫地放松着
正在打架的双眼

释放的汗水，如脱缰野马
在脊背狂奔，他们一个
淡淡的微笑，就足以抵抗
黑暗中病毒的肆虐

风停了，每一根湿漉漉的发丝
见证那从不服输的汗水
倔强深入泥土的痕迹
身体内的瀑布无声而响

2021.6.24

在天河

在天河
高楼连绵起伏
一千座巍峨的大山
耸立新河川两岸

东塔西塔遥对玉树尖峰岭
幕墙陡峭若悬崖
峭壁上万户千家杂花生树
阳台上纳凉的小夫妻
鸟窝里探头探脑的两只小雀
俯瞰人间万象仰观九天众星

在天河
商业洪流滔滔滚滚

与珠江并行的几条大道

永远是汹涌的河床

自行车泛着微弱的涟漪

轿车掀动一阵阵波浪

大巴涌起洪峰

车水人流奔腾不息

交警是白色的水鸟

匆匆行人是一滴滴水汇入

太古汇正佳广场……

形成一个又一个湖泊

波澜不惊

拉大提琴的海心沙

珠江是琴弓直贯广州大桥

和猎德大桥,二沙岛是

天然琴身,花城广场上奔跑的孩子们

是跳动着的美妙音符

地铁是一条条暗河

泉源不断汩汩冒出地面

搅动了一池春水

2018.9.6

辑二

云端交响

在华强北遇见未来

此刻你我经过这里,像粒子
穿越中国这台巨大的加速器
华强北是它小小的芯片

熠熠生辉的电子元件
云时代撩人心扉的钻石
镶嵌黄金地段

脱离重力一蹦突破大气层
高手纷纷抢占制高点
一览天下小
每一片玻璃
都是看世界的现代之窗
随手摘一颗星

高科技的黑莓新鲜欲滴

而未来的某一个时间轴
复活的冷冻人，与冷冻卵子孵化的男孩
于此相遇，谁是玄孙？谁是隔世的高祖？
猛犸象基因培育的胚胎
在硕大的人造子宫里复活
来到孩子们中间

引力波链接百亿光年星系
我与宇宙里无数个遥远的我
人机交流，而月亮的真相
想象力在唐朝就提前抵达

恍惚中，我们从十维空间
再度重临曾经的世界
戴上多D炫彩眼镜
我看见暗物质，周围如此精彩

2020.8.27

人工智能美少女

蜜桃臀甩动一双飞毛腿
快过纯血马和猎豹

那个绝顶聪明的店员
肉体凡胎
他脑袋里的电极正翻阅秘籍

利用纳米对时空进行切割
童年的你,少年的你,青年的你
还有中年的你

多体的你我,往返
虚拟与现实的星际

2020.8.27

火车,火车

第一次坐绿皮火车
我把脸贴向窗口
接受窗外疾风的触摸
直到脸庞发木,还恋恋不舍
外面漆黑一片
我感受着飞驰而来的呼呼摩擦声
旷野里常有房屋和灯一闪而过

冒出的白色烟雾,如椽巨笔
三两下涂在远天群山之上
直把广袤的大地当成摊开的巨幅宣纸

火车的声音变化无穷
像一曲最美妙动听的敲打乐

"轰隆隆"
轮子和铁轨之间的摩擦
"咔咔"两声,之后再"轰轰"两声
中间穿插着好像切菜的声音
"咔嚓""咔嚓",断水去山
很有节奏的交响
还有"呼呼""哒哒"
过交叉线时还会传来一阵紧锣密鼓

而更令人沉醉低徊的
是火车那悠长的"呜呜"
仿佛擦伤了天空似的
夕阳如炭,尤其是黄昏过隧洞

偌大中国,火车曾经很奢侈
一个没见过什么世面的农村孩子
登上列车大开眼界,是莫大的幸福
哪怕上了客车,许多人也是站票
我家小姨子,外甥,铁路家庭

也数十个小时站着去西安上学
大学生放假坐闷罐车回家
挤在运送货物或者牲口的铁皮车厢里
没有凳子，地上铺一些稻草
角落里用几片篱笆围的地方
就是简易厕所

革命是历史前进的火车头
百年以来这个词深入国民骨髓
足见火车的伟力与权威意象
在辽阔而人口众多的国度
高铁是一场革命
速度强度令人震撼
势不可挡的巨轮象征飞速的脚步

火车在疾驰，如此平稳安静
没有发出巨大呼啸声
常让人感觉在穿越时空隧道

过桥啊飞飙而过的悬崖

过隧道啊狂啸而过的光阴

轩昂的车头一声高啸直穿群山

一节节车厢掠过

两壁的回声排空击云

双轮暗藏风火之势，一蹬九万里

逍遥游兮，鲲鹏太空舱上

倏忽已飞越苍茫的壮阔

飞天不再是神话，噫吁嚱千里

千里眼，遴遴然顺风

顺风耳，一日三千里

太空半日还

2021.7.5

绿色自行车

用追忆打造一枚穿越时空的钥匙
对准历史的锁孔
把从前的世界放大数倍
一辆绿色自行车镀铬的轮子
飞快辗过1906年的胡同

身穿绿制服斜挎绿邮包的邮差
疾风般掠过京城
大街转眼也跟着绿了

时代的车轴装上曲柄
再用连杆把八方衔接起来
脚蹬堪比烈马的四蹄
现代交通工具与古代道路碰撞

清新的雨滴滑落紫禁城的飞檐

信使如同天使，扣响门环
同城的表妹，翘首盼来表白
家书在海上邮轮漂了仨月
地理的距离再短，心绪却如此绵长

在人力车、轿子、马车、毛驴之间
渐行渐远。一不小心
闯进运煤炭和山货的骆驼群里
车的铃铛和驼铃在前门外
混响交织一片

多年以后星河起舞
宇航员从空间站推开舱门
太空行走，他就是未来的邮递员
每一颗匆匆行星都一骑绝尘

2021.7.21

亲近大国重器智能燎原

繁星静寂,崇明岛、长兴岛、横沙岛
守护着货物和集装箱吞吐量最大的城市
此刻,长江的巨尾一甩
来呀,大国诗歌!来呀——

这才是大上海,高楼堆金,摩天的灯火叠玉
来呀,吴淞码头和洋山深水港,来呀,大国智造
钢铁最笨重的身躯,机器最精致的面孔
置身于巨无霸龙门吊下
在板块对冲、棱角切割、镜面弧线的金属辉映下
渺小的我,浑身热力躁动
像一根电缆,体内火花四溅,电流刺刺作响
眺看工厂的核心区域就像仰望星空

来呀，第一套六千千瓦火电
来呀，第一台双水内冷发电机
来呀，一万二千吨水压机
来呀，镜面磨床，核电机组、大型曲轴、超超临界机组
它们是一根根粗壮的肋骨
支撑起大国重器虎背宽肩的高大身躯

一颗螺帽就有六吨，拧紧笼子
套住机械怪兽的嘴巴，不让它蹄子撒野
来呀，这个永远的金刚青年，机械销售的长跑冠军
健步如飞。胸肌发达，肺活量吞云吐海
扛起重型装备、电梯、机床，核电反应堆堆芯
扛起燃气轮，水轮机，联合循环机组
扛起风电旋转叶片，电站环保设施，来组装
一颗超级大城市的心

精密仪器锦心绣口
比花针轻巧。比头发丝细微
机器人一点儿都不吵闹喧哗，工厂静如处子

比白纸干净。蓝红黄绿紫深蓝
不同颜色的路代表不同主题，来呀
核电、冶金、船舶、矿山、石化、交通
我们把大国诗歌的词语也变成装备
每一句都是晶亮亮的品牌，来呀，来呀

2020.10.27

在赛格顶层眺望落马洲

流光溢彩的华强北

深似大壑

车水注焉而不满

人潮涌焉而不竭

山高楼为峰。说着说着

电梯升上峰巅

天际闪电噼啪，我们驻足俯瞰

金鞭驱赶乌云的马群

云开处蜿蜒的深圳河

宛若阴阳鱼的弧线

迷蒙中飘来魅影

三十一年魂归故国
我看见两双睿智的眼睛
依旧在落马洲勒马四顾

一片翠黛，那诗的语言
把我身心染成青色

摩天大厦如一株株稻秧
叙说广种福田的春天故事
白鹭依稀，无人机近了又远
落马洲再过去就是粉岭
山河一脉，时近中秋
风过耳，我听见余洛的鹧鸪啼叫
虚拟空间草长莺飞

注：1979 年，诗人余光中开车带洛夫到香港落马洲，遥望深圳福田村，洛夫因此写下名诗《边境望乡》。

闻声识女人

进入我日常生活最深的
是一个陌生的女人
她千里相随,指点迷津
绝色超模,一棵台湾槟榔
曼妙的身姿
摇曳在大陆荧屏
何等的颜值,才可扮演小乔
可惜初嫁了,去了更远的日本
每次开车
都是她娇滴滴的声音
娓娓动听地导航
比七仙女还神
她说还有六米右转进入无名路
马上左拐,一百米后三岔口走中间道

不要上坡

前面三百米有监控,限速八十公里

我家的楼梯我都搞不清有几级台阶

上班的路,她沿途说出每段地名

天下的道路她无所不晓

超速一公里她立马提醒

要是生活中有一个女人像她絮絮叨叨

一刻不停对人指指点点

男人们早就被激怒

可全都对她无可奈何

她吃的盐比人吃的米多

过的桥比人走的路多

十年间她成了我最亲的人

伴我翻山过岭,拐弯抹角

我听她说过成千上万句话

风中的答案,全在路上

而陪我们回家的只有母亲与妻子

2020.8.27

以模具制造簇新的世界

从虚到实，从图纸上的点线到加工成型
模具，产品的子宫，制造的胚床
一切从想像开始，一切又吻合于现实

大脑随计算机飞速运转，推敲
尺度、比例、异型、结构、精度
簇新的模具是神灵造化新事物的参照
切割、冲压、规模与集成
模具，让新新人类跳动盘古与女娲的初心

新一代开荒牛建仓、横联、叠加
无数的智造之芯在这里成型
它进入未来，提前催生精密的世界

2020.9.8

乘高铁从湘潭到长沙

仅用了不到一刻钟
杯子里的茶叶还没泡开
一页书还没读完

一只猕猴
攀铁轨的藤蔓
从一棵树荡到另一棵树

用"现在"的视角
打开时空隧道

一个书生少年,大步流星
跋山涉水
中间隔了百年

2021.4

石　油

一

结构现代文明的是液体的岩石
石头内部的冷焰
零度激情，绵长的黑色睡眠
保持在时间的深渊
水与火两种绝对不相容的元素
在事物的核心完美结合
蛰伏的黑马
永恒的午夜之血，停止呼吸的波浪
谁也无法涉过的光明河流
上下驰骋
从一个世界进入另一个世界

二

石油的死亡不是生命的终结
而是转换,从地狱到天堂
从一种形态变为另一种形态
火焰是尖锐的预言
瑰丽的梦境在死的光华中诞生
火中盛开的石油看不见花朵
二十世纪是最黑亮的果实

接连之声不绝,石油在混沌流淌
生死回环的石油气象万千
广大无边的气息
浸淫物的空间,甚至精神的空间
塑料器皿,凡士林,化纤织物
石油在一切感觉不到石油的地方汹涌
石油是新时代的马匹、柴、布、喷泉
金苹果,是黑暗的也是最灿烂的

今天石油的运动就是人的运动
石油写下的历史比墨更黑

三

就像水中的波痕,伤害是隐秘的
大自然在一滴石油里山穷水尽
灵魂陷落,油井解不了人心的渴意
游走奔腾的石油难以界定
在石油的逼视中
回光返照的绿色是最纯美的境地
一尘不染的月光,干净的美
在汽车的后视镜里无法挽留

1993.5.6

六维空间

银河系分离之前
我们只是生活在三维空间里
流淌的微尘

在平行线上,画出一个圆
走在中心的人
播撒万卷诗篇
耕种语辘碾压过的痕迹

以二次元进入梦境
静止的画面在缓缓流动
暗物质穿透空间
把立方体世界造出多个界面

高科技飞跃太空

以洪荒之力开启新的起点
被洞穿的四维空间
多了一条时间轴
精神的螺杆，与幂的扭曲有关
外面是另一个平行的宇宙
或无限的星空叠加

当神识开发到可以控制意念
万物皆在转瞬之间
打开时空隧道的闸门
穿梭过去与未来
六维空间在时间的推移中存在

仿佛进入宇宙能量屋
坐标轴消失，星球旋转群出现
隐藏的超弦弹奏着
线向之外的符号，直到符号改变
穿越黑洞后，时间外还有时间？

2021.5.17

此　刻

海龟漂在洋面,一棵树挺立平原
开阔,无垠,一马平川
它们其实在弧线上
圆球某一个最高点
动与静,是相对的
在浩瀚的宇宙里
龟缓慢的移动可以忽略
树随着地球自转高速运行

广大无边的暗物质
包裹在龟的四周
它难以动弹
而汹涌的暗能量
正推动树拔根而去的衰老

波动不息的海浪

来自像蝴蝶彩翼随风扇动的叶子？

龟横行于波涛，树纵深于风云

风吹响我所有器官

多年前我不写诗，此刻

在赶马车，还是画图纸？

也可能有平行宇宙，十维空间

东锅下面条，西天落大雨

夕阳经山历海，我怀万古愁

龟百龄，树千岁

"此刻"，一只蜉蝣

2021.3.26

在白云之上

在白云之上
透过飞机的舷窗
我看见不太远的远处
左上方
另一架飞机在飞翔

许久许久
它仿佛一动不动
像一枚别针
银白的机体
被太阳照得闪闪发亮

移动是看不见的
我知道它在高速行进

它走我也走
像一对孖生兄弟

几朵吐烟圈的云
闲庭信步
比翼双飞的大鸟
扶摇直上九万里的老庄
也想象不了这景象

突然　是谁改变了航道
天空这纯蓝色的电脑桌面
被谁轻轻点击鼠标
把另一只飞鸟删除

2009.11.8

一只苍蝇的生命奇迹

从未有过,飞机的舷窗
一只振羽的小小苍蝇
误认玻璃是青空

灵魂从肉体挣脱
朝向浩瀚宇宙扑腾
可谓"心比天高"
随飞机腾空而起
它抵达了九千米的高度

而同类终其一生
都到不了六层楼顶
也偶有跟随上升气流
像小小的直升机,飞临百米高空

唯有闯入"暗器"高层电梯的幸运儿
如鱼得水，成为"天外飞仙"
许多蝇类只在滋生地二百米内生活
大多不超过一两公里
去过二十里地之外巡视的已是奇葩

像溜冰的可爱孩子
它在光滑的窗玻璃上行走自如
从成都抵达广州，超越了
一亿七千万亿只兄弟姊妹

假如我像它偶然掉进时间隧道
会不会也能进入另一个宇宙
成为星际旅行的异数
与绿皮肤的外星女结婚生子
开天辟地，或创世纪
成为另一个星球的盘古或亚当

2021.4.20

万　江

众河聚，百舸流，方能称万江
它是水窖的源泉，河涌的动脉
清溪和水道的母乳
是每一条藤蔓的血液，每一根枝条的浆汁
每一颗果实的水分
它也是动物和植物的命脉，构成
一切生物体最重要的物质
是游子最后的方向

天下熙熙，人头攘攘
客家人潮汕人，湖南人四川人江西人
打工者生意客理工男
在这嫁夫娶媳，开枝散叶
本乡本土人丁兴旺，一家工农兵学商

它是乡村是街道是新兴一线城市
是制造业龙头，商贸集散地
非遗馆鳞次栉比
开发区异花奇卉

岭南水乡，江涌水汊密如蛛网
东西南北中自投罗网者
皆各界精英，能人才俊
万江龙盘虎踞
高楼林立如大湾区翘首的鳌头

2020.10.3

时空之门

当黄河与大漠拥抱在这远天
满目沙涛连浪涛,黄金三千里
沙与水两种对峙的物质,止步于温柔地守望
羊皮筏子满载驼铃声声

不到这儿,黄河心不死
黄沙脚不歇
那沙之纵道与水之横路
争个你死我活
黄昏尾随黄河单刀直入
刺破青天的雁阵一再拉直了孤烟
黄河舞动丝绸
像个羞涩的大姑娘
沙子细腻如少女的皮肤

黄沙是缓慢移动的大地
风是肋骨，白云纷纷忽聚忽散

隔了千年，我没拾到王维的麻鞋
同在一记咳嗽里穿越长河旷漠
黄沙没脚，神思见证
诗佛趺坐在烟之外，斜照犹暖

回来吧，灰鹤、蓑羽鹤和白琵鹭
犹如日月经天，水漫沙海
落日很圆，挂在天边的一口铜钟
坠落重重的一声钟鸣

2020.9.28

电 话

一

磁性的音色,像黑鳗从远处朝我游来
软体的鱼,带电的动物
一遍遍缠绕我的神经
你我是看不见的,有谁能看得见呢
在感觉的遮蔽中,我们互相抵达
声音的接触丝丝入扣

嘴唇的花瓣,瞬间盛开和凋谢
狭窄的通道,一个岩洞的形状
语码进入耳廓。彼此

是对方急切寻找的向度和出口
表达从这一段躯体出发
在被告知的另一段躯体的内部消失
牙齿的闪电,淹没在黑暗的肉体里

二

电话是交流的怪物,是一道
可以随手打开的对话之门
任意阉割空间,消解语言的隐喻
迅捷把人带进精心布置的虚假场景
电荷漫游,声频信号转换
话语的遭遇其实是双料错觉
宣讲和倾听构成紧张对抗
叙事缝隙转瞬即逝

沟通隔绝的不是导线,它只是渡过方式
心有灵犀千千结

经纬的两端，灵与肉同步感应和震颤
生命的全息符号不断透析而来
像蜥蜴在草丛中来回窜动
无限膨胀的听觉空间虎虎有声
迷失于话语事件中不能自拔
渴望气息和情感纠缠不已

三

什么也没"听"见，什么也没"说"出
爱是无底的沦陷，热流传递
我们完全打开五官，进入迷狂状态
眩晕和笑意双向投射
谁也无法拒绝别人的口水污染自己
当"自我"和"他者"互涵
倾诉和聆听合一
电流的"刺刺"声中，灵魂出壳
通灵的现代巫师

咚咚跳动的心不由自主地大声唱起歌来

一次短暂的通话就是一次终生的相遇

1996.4.15

良人择家电而栖

梧桐之茂,
凤鸣之声。
五彩羽毛
以风而扇天下百姓。
幸福很平常,
它已经小到一台空调,
把天气驯服,像小春天,
自动灯控的书房,如影随形。
弥散大自然的气息。

豆浆机,一杯与阳光同饮。
巧妇在智能厨房游刃有余,
洗碗机一键除污,贴心到指甲。
蒸汽阀笼罩的时间:

反复练习一锅米饭的美味；
铝合金内胆提取钟声，
六个沸腾环和一百零八个蜂窝包裹锅壁，
在六十二度黄金弧度翻滚。
超大液晶显示营养模式，
微电脑预约时间

对一碗冷菜的态度，对某个面包的爱抚。
食物在冰箱旅行，
从曾母暗沙瞬间来到漠河，
温度在烤箱内拔节跳楼
解开光和热的死结

凤非梧桐不落
为最初一瞥，凤眼
从黑暗取出光，取出
一个火树银花的星系

2018.3

蓝鲸雕塑

除了人，禽兽虫鱼都不知父亲
当一头丈余长幼鲸
剖腹产似的切开太平洋
被潮水推上沙滩的肚皮
滴水湖，哺乳了海上孤儿

像荷叶盛一滴露珠
几十双手掌
小心将它捧回大海

蓝鲸摆尾游回大洋深处
它的头连续三次伸出海面
似乎在感谢再生父兄

本来应该是鱼

为救命恩人立一座雕塑

时间能将鱼骨嵌进化石

永恒使树脂化为琥珀

而今巨大的蓝鲸

化身不锈钢管"司南鱼"神兽

高高矗立南汇嘴上

猛然回头,海不扬波

多像哥本哈根青铜美人鱼

多像新加坡鱼尾狮

2019.11

跨海大桥,或献给港珠澳

在海浪和云涛之间
横过水面的桥梁
空悬迢迢大路

一阴一阳谓之道
以车为马　轮胎的飞毛腿
踏碧波凌空行走
在飞机和轮船的航线之外
金属的第三种飞翔
风驰电掣一枚枚曳光弹
划过大屿山伶仃洋
神气的中国结垂落九霄
海豚桥塔高过六十座埃菲尔铁塔
让金门大桥望尘莫及

无限蓝的海无限蓝的苍穹

水天一色　桥面薄如蝉翼

像透明的银苇叶没入碧落交接处

天也空地也空

人渺渺直入神迹仙踪

更像母亲张开双臂

宽广的胸怀揽两个游子

将铁轨和公路从陆地剥离

道生一　一生二　三生万物

同步轨道　抵达外太空深处

鹊桥赵州桥汉语桥

现实的桥和精神的桥

交相辉映

仰看彩虹行空俯视长龙卧波

2017.2.7

花城广场

城市新中轴线
几个青年吉他弹唱

摇滚远去,长头发剪成小清新
吼歌变成快歌,寓言变成预言
血液仍在血管里搬运张扬的
个性。声光璀璨,交给直播,快闪
青春才是不变的主场,来吧
刷屏吧,在线,或在场

仿佛立起来的马,不为疾驰
叛逆已变成不羁的潮与时尚
流量的金线,点赞的璎珞
少年中国的广场

不再有忧郁悲愤的演讲
过去的呐喊，今天的欢唱

路过的人继续路过
年轻的喉结，麦克风再次擦亮

2021.4.26

洋山港自动化码头

起初,祖先拈起小木棍
把算筹移来移去

再后来,横梁上立一根根竖档
飞快拨动算盘上的算珠

到现在,岸桥轨道吊,引导车
在空无一人魔鬼码头运行
电脑上动动手指,集装箱
像轻轻移动的积木

2019.11

辑三

草木本心

下一秒钟也许就猝不及防

一阵风,突然吹掉枝头上雀跃的花
石片在河面打起水漂,猛地下沉
晶莹剔透的灵魂,露珠在草尖小憩
片刻安然坠落
冠状病毒的子弹在飞
生命像毛玻璃一块接一块碎裂
下一秒钟也许就猝不及防

白云比一片口罩干净
天空和湖泊悠扬层层叠叠的蓝
世界还是依着它的秩序运转
太阳从夜莺欢快的弹舌音里跳起
响亮的光焰漫过市区的噪声

除了人，见面惴惴不安
奶牛，绵羊，蛇，它们反而大自在
动物园的狮子与老虎
还有自然界草叶藤蔓树木和溪流
享受难得的宁静，疫情与万类无关
鸟在天上飞，鱼在水里游
更能接近造化的磁场

天总会黑，天总会亮起来
而繁星满空是留给守夜人的

2020.8.20

被车灯救赎的同一条暗路
——致尼古拉·马兹洛夫

印象里你健壮如一匹马
没有飞扬的鬃毛,剪一头短发
剑桥,我们在院士花园读诗
你的朗读清脆有力
像哒哒的马蹄驰过草地
直击主题,留下一个个蹄窝

你说在湿地踩两脚
并不想留下永久的印记
只是好奇跟世界互动
你清除繁琐的想象
大道至简,取消故事和场景
拒绝隐喻,却创造了新隐喻
如同你家乡巴尔干半岛的习俗

人们喜欢住在未完成的建筑中
一边居住一边盖屋

扎加耶夫斯基说,你诗的意象
如夜行动物突然被车灯照亮
你俩都那么杰出,就像超级球星
使小国雄霸诗的绿地
因为你,我才知道北马其顿
复杂的历史和悲惨的境遇
你的祖国就像你的名字
在你民族的语言里寓意无家可归

庚子疫情肆虐的春天
你发来电邮,询问我可安好
天下诗人都是兄弟
全球新冠一亿八千多万人
我见过的外国诗人三个染疫
赞美你的诗翁扎加耶夫斯基
他的照片化为雕塑
诗的专列拉响天国的汽笛

我阿语诗集的译者米拉则已痊愈
手指蹦蹦跳跳
像一只小兔正在键盘上打字

此刻你躺在医院的病床上
山川异域风月同天
北马其顿天空有一轮月亮
只照多山的巴尔干半岛
只照你的内心

我谛听你诗的声音再次响起
心脏的马蹄哒哒跳动

春风得意驰骋生命的原野
一个个精准的词
你如难民突然被车灯照亮

2021.7.10

又见康桥

康河的风没将夕阳吹老，
河畔的金柳浸染半江月色，
我经韦斯特路向你问好，
好像孤星走上城堡。

今夜我代你回到英伦，
正如当年你代我离开。
两个天空争抢，
一袖子带不走的云彩。

头上这轮新月曾照过你
满河斑斓的星辉，你今安在？
翅膀扇动远岸的秋色
呢喃在水边的是两只天鹅。

谁的长篙搅动八月的沉默，
风中有人唤我杨克。
夜半秋虫不来，
徒留水草在叫志摩。

你拼命抓住稍纵即逝的虹，
以一颗水泡维系人心的凉薄。
四季更替是宇宙的法则，
草木枯荣始见生命的深刻。

悄悄地我从你的小路走过，
诗碑在上，我不能放歌。
你不必讶异，更无须说破，
捧起投影在波心的一片月色。

2018.2

热带雨林

高高在上的那棵巨树不是雨林的统治者
它岂敢君临天下鄙夷万类
这里众生平等树与藤蔓汪洋恣肆
无数自由的绿手掌捧着阳光雨水
枝与叶纠缠不休,茎与杆纵长横生
树叠树藤牵藤绿色堆积如云像高大城堡
蕨类四处霸气蔓延,溪涧的兰草也不谦虚
几条叶片下,两只点水的蜻蜓
水中屈伸颠踬的孑孓
再卑微的生物都拼命抢占着生存空间
亚马孙河流域和刚果河流域
还有马达加斯加岛东岸
这些植物部落是救命的药房
在云南的西双版纳

凤尾竹与阳光偏爱的地方

野象走过的脚步声，天边滚动一阵沉雷

我看见台地上两棵望天树靠得很近

以相拥的姿势并立，这对饱经沧桑的老夫妻

棕褐色的皮肤布满纵裂，鳞片块状剥落

大榕树气根从树干上悬垂下来

扎进土中，继续增粗，一木成林

各自又被大藤小藤纠结

身后藏着红光树悄悄伸来的手臂

还被藻类苔藓石斛地衣重重围困

植物们拥拥挤挤欢欢乐乐

肉豆蔻、四数木、黄果木、胡桐、美登木、三尖杉

它们承接天上的水，吸收地下的水

本身也源源不断分泌水

黑冠长臂猿从这根藤条荡到那根藤条

犀鸟鸣叫响亮粗粝，马嘶一般

一只振羽开屏的蓝孔雀

像高傲的王子，裹着华丽的披风

2018.3

温暖之诗

给豌豆一枚豆荚
给稗子一粒泥土
寒号鸟连麻雀都不如
只是一只飞鼠
请给它栖息的树洞
一片枯萎的叶子
躺在泥水里
迟到的扫帚,请给它片刻幸福

寒风中,簌簌发抖的手背不存
手心,仍想握紧温暖的词

2017.11.29

诗歌林

幼木长成参天大树
当年手植的人,早化为一缕青烟
爱恨情仇消散,谁还在关心
战争、苦难和疾病

诗人老去,不会写诗的子孙也——老去
树林葱翠不减,野花灿烂依然
海岸上怒放的生命依旧新鲜

别说树上的姓名,刻在岩石上也没有用
只有长高的一首诗,几行字听到的风声
被人侧耳,像谈论东坡明月、松龄狐仙

2019.11

高　秋

此时北方的长街宽阔而安静
四合院从容入梦　如此幸福的午夜
我听见头顶上有一张树叶在干燥中脆响
人很小　风很强劲
秋天的星空高起来了
路灯足以照彻一个人内心的角落

我独自沿着林荫道往前走
突然想抱抱路边的一棵大树
这些挺立天地间的高大灵魂
没有一个枝桠我想栖息
我只想更靠近这个世界

2009.9.18

毁灭奏鸣曲

鱼从不仰望高山的树
翠鸟也不羡慕雪豹的花纹
不相干的男女绝无冲突
越亲近彼此伤害越深

牙齿咬破舌头
闪电灼疼乌云

情坚似铁也会生锈
脆薄的瓷
碎成锋利的一片
插进她皮肉一分
自己也内伤一寸
釉的光泽波动残酷的美

鲜血淋漓的伤口
娇艳若猩红的嘴
紧闭密不透风的城门

灯光在暴风中咔嚓折断
卷走一地残骸
一场大火，生命烧剩一副骨架
像几截黑炭
内里千疮百孔
一管风笛吹奏两种曲调

伸手抓不住消失的虹
生怕大风吹走最后一点灰烬

2015.7.1

海　浪

海浪啊
仿佛月光的手指弹拨大海的琴弦
巨大的音箱分贝无限

海浪啊
潜鲲在渊扇动奇大无比的翅膀
白色的羽毛一亮一闪

海浪啊
大海的嘴唇嚅动，张开
时而喃喃细语，时而疾呼高喊

海浪啊
呼出鱼的气息，海藻的气息

沉船木和铜绿铁锈的枯涩气息

海浪啊
大朵大朵的昙花，瞬间凋谢
又永续律动，无休无止

海浪啊
一颗沙粒越过万顷波涛千年沧桑
亲吻我的脚踝，我浑身战栗

2019.11

逆光中的那一棵木棉

梦幻之树　黄昏在它的背后大面积沉落

逆光中它显得那样清晰

生命的躯干微妙波动

为谁明媚　银色的线条如此炫目

空气中辐射着绝不消失的洋溢的美

诉说生存的万丈光芒

此刻它是精神的灾难

在一种高贵气质的涵盖中

我们深深倾倒

成为匍匐的植物

谁的手在拧低太阳的灯芯

唯有它光焰上升

欲望的花朵　这个季节里看不见的花朵

被最后的激情吹向高处

我们的灵魂在它的枝叶上飞

当晦暗渐近　万物沉沦

心灵的风景中

黑色的剪影　意味着一切

1994.11.30

际会依然是中国

天空派遣一场暴雨来助兴
我在台上朗读扎加耶夫斯基的《中国诗》
向坐在台下的诗人致敬
时间的流逝依然是中国,闪电依旧是国际的

顶上的强光碰撞着我目光
恍惚中他像一尊酸枝木雕
生命渗出历史暗红的光焰
也是巧合吗
我想象过清凉的雨滴敲打在宋朝的瓦檐上
在明青花瓷片溅起清脆的回声
而此刻透过波兰人的一双蓝眼睛
看到故国诗人行船在江面上
整夜的雨,踮着透明的脚尖在船篷上跳舞

他的喃喃低语,随雨点没入江水
若波浪上凌空蹈虚的白鸟一样了无痕迹
那时天下并不太平,唯诗人内心祥和
被一盏白瓷油灯照亮
迷蒙中我看不清那是辛弃疾还是苏轼
是柳永、晏殊或者姜夔

如同刚才来路上大雨滂沱
我被挟裹在滔滔水流中
根本找不到扎加耶夫斯基的方向
像驾驶一艘潜艇,车头的犁铧
在洪水中掀开一条大路
我犹如一尾鱼游动在时间的纵深里
领受当下这个时代的开阔
从克拉科夫到广州
异国诗人在一个"场"中相遇
灯光四溅,多少年过去了
一千岁的雨声还没有苍老
翻滚的风云依然是国际的,际会依旧是中国

这时虽然有雷声,仍不敢惊醒
天际谁在高声朗诵?恰似屋外暴雨瓢泼

2014.4.3

银瓶山

一樽银瓶,收云纳雾
天之外,高耸湾区之巅

山腰像瓶身山脚似瓶底
山头的瓶嘴云遮雾障难见峥嵘

净水千年飞泻,沿途清泉瀑布溪流
秀峰茂林掩映绝崖怪石
河涌水网横过蔗地稻田荔林蕉园
荷塘里一尾尾草鱼,跃上藕尖

手执杨枝的仙人。知否,记否
回音谷回荡世界工厂的轰鸣

而今旧村老去，服装厂玩具城腾笼换鸟
电缆、光纤庞大矩阵环绕低碳绿水
石猴望月，蟾蜍吐丹
意犹未尽眺望新一代信息技术

为何生态环境和高端制造天人合一
数字智能，仿若银瓶山
依旧是光色曜日

2020.10

深林花影

恍惚梧桐有凤凰栖居
于彼高冈,众多蓁蓁的
林木,每一阵风过,喈喈
雍雍,多像鸣叫的凤凰
凤栖梧桐,百鸟翔云

穗花杉红褐色的树皮
喜气十足　在灌木丛中
它的雌花和雄花
像勤快的夫妻
举着镰刀般的叶片,收割
阵阵惊天林涛

傲视群木的挺拔润楠

冠盖如伞
鲜嫩的红叶簇生在粗壮老干
毛棉杜鹃摇曳数十万个花蕾
吊钟花粉红翠绿玉白的钟铃
敲响深林的晨钟

蕨类在这里也能长成大树
桫椤，这亿万斯年的活化石
摇着狼棒的螺旋状叶片
有乳汁的白桂木
捧出一盏盏白炽灯的花果
点燃有短柔毛的胴体
土沉香呢，它的蒴果
像一个个小香囊

所有的花树就这么疯长
绿水青山应如是
自顾自繁华　自顾自灿烂

2021.5.23 改定

猕猴桃的奇异旅行

掰开,猕猴桃果肉是什么颜色的
是红心还是翠绿的?
是秦岭山色或黄河水色
是美玉的深黛还是湖泊的微蓝?

孩子嘴里清甜细嫩的滋味是哪儿来的?
是飞机汽车和快递小哥的电动三轮送来的
是妈妈从抖音网购的
二十六个国家的妈妈呀
梳辫子扎马尾挽发髻剪短发的妈妈
芳香浓郁的风儿从她们的发梢吹过
风是黑色的栗色的金色的还是棕褐色的
有的是妈妈从超市里挑拣的
青葱的指尖上,一个个胖嘟嘟的小淘气

翠香极品优株是哪里的

是就峪村山沟南向坡发现的

野生了千万年,《诗经》的藤蔓栽种于岑参诗中的院落

天然的维 C 之王帮人跃出情绪低谷

新西兰风靡世界的阳光金果

是伊莎贝尔从宜昌姐姐家带回国的种子

全世界猕猴桃家族都在中国

广西发现二千六百万年前化石

两个孤零零的游子

原生地也在雾渡河

到底是猕猴住进桃里,还是桃怀了猕猴胚胎

那毛茸茸的水果,它的形状颜色和大小

与小猴子如此相像

在时间的枝丫上蹦跳

2020.9

元宵节赏樱

浮云微动,樱花林在细雨中落红
手掌里的每一缕光都已绽放

一朵朵是那样的细小,簇拥成团
在半空嬉闹,明艳了整个世界

它们的前世来自唐朝
在白居易和李商隐诗句里闪现飞跃千年的青鸟,翅膀
亲吻过的樱花,宿云将青苍撕碎

中国红、广州樱、貂蝉和西施
是它们今生的芳名

一瓣粉红滴着银河之外的流水洗涤逝去的旧梦

我用明月圈出
一块空地，听南风陈述隐秘的物事

花之精灵融为一体，用灵魂
编织春之序曲。在天适樱花
悠乐园的尽头，我朝着花香的方向
任凭时光在枝丫间轻颤

当相思树折断夜的峰谷
记忆停留于半截诗行中，你可曾记得
那个徘徊在樱花树下的人
静待山峦张开古老的怀抱

2021.2.26

石

一

唯一的原在,大火的溶液
在世界的体内,岩浆汩汩流动
石头是一切矿物质的总和
地球笨拙的骨架
无处不在
破坏迫使石头诞生石头
一亿块巨石垒起崇山峻岭
大石头碎裂成无数块小石头
松软的泥土是另一种形态
道生一,一生二,三生万物:
卵石和沙子,蟪蛄与朝菌

二

人类的诗篇就是石头组成的句子
敲打燧石迸射星星之火
文明燎原一发而不可收
婴儿从石子铺出的道路出发走向墓碑
最后的石头守着土地的缄默
从四面把时间围拢
石基,石墙,石柱
人诗意地栖居,石头无动于衷
与远古同谋,水泥是石头的现代变种
而石头的骨灰粉刷在墙上
无论死去活来,它始终为存在而存在

三

最伟大的冒险就是走进一块石头里
就像白垩纪的恐龙

把自己交给永恒的保管员
鱼游进凝固的海，弋动的姿态
那是对生命最大的欺骗

美石为玉，在东方于君子比德
藏石讲究神遇，玩石以养心性
高山大壑把玩于股掌之间
社稷家国
原是心头的块垒

金玉良言，出自黝容诡貌的砚
而砚一再说出的浑浊
用以清洗灵魂

四

岩洞是造化的子宫吗
风景生于石，山河的峥嵘显露于石

山水以石丑而媚，大愚自智

黝黑的巉岩，苍凉抬起更苍凉的脸

时间之侧，犹如礁石望海
风细碎的牙齿，波浪专注的舌尖
水滴石穿，咬烂千疮百孔的美
最破败的也是最蛊惑的
所谓天涯海角，不过几堆石头

2012

湿　地

半液态的泥土，胶状的水
灵魂隐蔽在肉体的混沌中
滩涂是水域与陆地的纠结
大自然的两军对垒
模糊地带与非军事区

咸淡水交织，潮汐和暮色乱成一团
胎生植物让卵生鱼虾不知所措

被水渗透的土壤—湾沼泽
混血的水土适宜鸟声生长
水禽的翅膀闪耀白光，单腿独立
躲不开脚下草甸密布的阴影

像海绵吸纳地表水,过滤污染
花草根茎是一根根吸管
天然的净化器

湿地是地球的肾
氮交换,清新空气轮回反复
临江,临湖,湿地公园是城市绿化的标配
如一枚枚银币,亦如雨后春笋
生态,这个碳排放交易市场的地摊经济
生机勃勃

2021.7.29

过松溪和羊毛溪

天真的水滴

荡摆着一根根潮湿的松针

滑

落

奔赴大河的邀约

比毛毛雨更细小的溪流

跌宕起伏

像天风急遽群山,云朵慌不择路

它渴望大海的雪浪花

像羊毛急需回到羊身上

2021.7.1

人并不比鱼的记忆更长久

塔吊的廊桥前端
悬挂一张渔网
日升月落,它一次次交替沉降

固定在那儿,从未挪开
鱼不长记性,一尾尾接踵而来
鱼总是快乐的,哪怕听见悲痛的尖叫
它的记忆只有七秒

世界有一张更可怕的互联网
人黏在网上,却不挣扎
像一只亢奋的蜘蛛忙不迭吐丝
风暴呼喊,每一滴水都是滔天巨浪
狂潮也未让他偃旗息鼓

当波涛退去，只剩几颗泡沫
之前为之激动的事物
都不会泛起一丝涟漪

2020.6.8

克里斯蒂安·埃里克森

跑动中突然倒地的一瞬
他看见心脏飞出体外
那颗身体里的足球
越滚越远

足球是圆的
地球是圆的
在大圆上踢小圆的人
命硬过铁蛋,也脆如泥丸

一滴水在呼唤
十个嗓门在呼唤
一万个声音在呼唤
大海的涛声,一浪高过一浪

向遥远的星空呼喊

爱的力量
以人墙守护生命
队友们围成一圈
挡住死神的窥探

生命的火球
在地狱的入口
被门柱弹了回来

2021.6.28

死亡短讯

车子疾驰在去往医院的路上
我看见天空瞬间敞开了
它澄明高旷,最深处影影幢幢
难道这么快就出界了?
灵魂漫游
好似有一双隐形翅膀在等我
带我去赴某个既定的约会

在地上移动了几十年
天空此刻与我重新联通
是的,我也会像那朵浮云虚无缥缈
澹澹的,淡淡的,没有边际
也许,那儿再无信号,我不在服务区
世间再无我的音讯

这一刻我斜躺在后座上
心境祥和，仿若干净的水面
只一眼就洞悉了宇宙内存的奥秘
生命只是一条微不足道的信息
携带它的密码
被复制到这个世界
随后被删除，转发至另一个时空

某只看不见的手，轻轻按动软键
睁眼表示拒绝　闭眼意味接受
我陷入平静　坦然接受命运的腾挪
我不知道神在哪里
死亡突然变得一点都不可怕
无非在东土关机，再去西天充电
就像转发一个短信这样稀松平常

2012

地球　苹果的两半

我在西海岸的黎明中醒来
在东方你正进入黑夜
地球是一个苹果
字母 O　是上帝挥起球棍
击中的棒球　在宇宙不停翻滚
我得意这很美利坚的隐喻
却醉心于祖先的太极哲学　东西两仪
犹如首尾相衔的阴阳鱼
这个概念因你而异常清晰

历历在目的是两棵松树
虬曲刚劲的枝条　凝固风暴的形状
颤栗的松针筛下万线金丝
一汪浅浅的池塘

两只野鸭　晨光在它们绿色的羽翎流动

我沿着岸边木板铺设的廊道晨练
大海白皮肤的波浪　将世界徐徐打开
澄澈的天空在融化，云像漫溢的牛奶
浮着一枚太阳金币
在第八小区拐弯处
再次遇到两个非洲姑娘
友好的"嗨"与头顶上海鸥的叫声呼应
穿透无限蓝的海水
瞬间抵达地球的另一半
从日出到日落
这中间的距离岂止是万重关山
又一盏街灯姗然而至
人声鼎沸的肉菜批发市场
我们紧挨着经过　像两棵葱茏的青菜

昏睡的骑楼像发黄的纸张
风在游荡　夜的肌肤丝绸般清凉

月亮白皙的前额　星星的眼

光充盈所有的角落

这时我听见两声鹧鸪

你一条微信

鲸鱼一般游过太平洋

苹果和另一只苹果

在手掌里　东半球与西半球

那么近　如同邻家女孩

2014.5

北方田野

鸟儿的鸣叫消失于这片寂静
紫胀的高粱粒溢出母性之美
所有的玉米叶锋芒已钝
我的血脉
在我皮肤之外的南方流动
已经那样遥远
远处的林子,一只苹果落地
像露珠悄然无声
这才真正是我的家园
心平气和像冰层下的湖泊
浸在古井里纹丝不动的黄昏
浑然博大的沉默
深入我的骨髓
生命既成为又不成为这片风景

从此即使漂泊在另一水域
也像茧中的蚕儿一样安宁

秋天的语言诞生于这片寂静

1987

蝙　蝠

能飞行却不成为鸟
民间叫天鼠也不是鼠
至远的生物，它的尖叫
发出至近的警告

文明前夜，红山母系氏族部落
温润晶莹的一块美石
在某一个原始工匠的手上
化身吉祥的玉蝙蝠

展开翼膜，扇空夤夜蒙昧
满天星光中，这个原始象形符号
闪闪发亮
那时阒无文字，它与福没有瓜葛

也无从知道女性首领口中的发音
天地间唯一能飞翔的兽类
上苍垂怜许以特权的生灵
它已代表万福
倒挂在岩壁，树枝，也是福到

雕刻，剪纸，刺绣，年画……
它的纹饰图案
岁岁年年，装点着我们的梦
孩提，庙宇改建的小学
可爱的檐老鼠
在黄昏，与燕子纷飞
蝙蝠侠，也是今天少年的向往

给恶之花以美善的最初定位
生命的雷达拉响了最后的警报

一夜间，人人惊惧
这携带四千多种病毒的宿主

它自身无病无灾。更新为肉身的毒库
它的基因自带杀毒软件
在千万年形成的生物链之外
创建一个复杂的免疫系统
像闯进网络社会的黑客
凭一己之力
将病毒压缩在体内
把疾病的信号源全拷进物极必反的
U盘

2021.6.23

盆景的修辞

几个花盆里
种植树萝卜和山乌龟
它们硕大的块茎
有点像树瘤
笨拙而略显丑陋

当碧绿的叶片缀满千金藤
黄白紫的花朵垂下
一个个犹如小小的灯笼和金钟

极丑便是极美
情极必佛,智极必圣

扭曲多变的根茎,龙蛇起舞

方衬托蕊瓣的娇艳

修剪，乃见功夫
减去枝叶，倒悬或横生
美存于时间，也在于空间

诗人也是妙笔生花的园丁
眼里不存在好词、劣词
把它们精心嵌在适当的位置
每一枚，都是奇异的花朵

2021.6.23

阴：词的嬗变

男尊女卑的汉语
三阳开泰，九九艳阳天

阳光阳刚朗朗上口
阴险阴暗阴沉阴凉阴寒
念起来阴阳怪气

阴归月，正如阳归日
云过群山巨大的阴影
日月经天，光有阴才叫光阴

月影才见花阴，山的
北面，水的南面
显现阴的美好

荫翳蔽日的小河边

公园的林荫道

有谁不喜欢曲径通幽

而封妻荫子

也是古代男人一生的梦想

当汉高祖的暨阳

改名江阴

阴晴圆缺否极泰来

一个分水岭

世界断裂了，人人闻阳色变

遑论男女长幼

阴性，更是大喜过望

2021.6.11

光影编码的摄影哲学

高于额头的天眼
手指轻轻按下快门　告别经验
咔嚓打开双重视野　像素的火眼金睛
将古与今的焦距　对准
一个簇新的花园
这个世界存在吗
众生诸物　若近　若远

镜头一摇山近水阔
时空穿越指缝、记忆、掠影
生产　流通　消费在演出
动态之影和静态之像在迁徙
呈现细节　色彩和堆叠的美学

似曾相识　却从未被肉眼发现

是存在被告知　还是意识被拉长

凭借镜头的引领　大师们"洞见""捕捉"

更为瑰丽的光影

从刹那到永恒　这戏剧性的拐弯

时间的背景为精神所呼应

影子的炼金术　再造奇遇

故事离真相到底有多远

龙坪桃千树　百亩鹰嘴水蜜桃

生长在无限扩张的地域

分辨率一片模糊　是谁按下暂停键

刘禹锡时任连州得诗七十三首

当今刺史打造国际摄影城

在场与再现　均未飘下桃花诗笺

玄都观失魂落魄的几瓣

并非岭南节度使此门中的人面桃花相映红

也不是在镜头里依旧笑春风的这一朵

古人说年年岁岁花相似
今人说妖姿狐媚花千骨
在枝条灼灼绽放　观察与被观察
我的照相机无法两次拍下相同的湟川

连州在单反镜头
替无雪的岭南下了第一场初雪
透过巾峰山摩崖石刻"廉泉之源"远镜
向着社会的景观
看见了青山绿水不一样的中国

外国摄影家频频地曝光
连州人也有幸见识了超现实世界

2017.5.27

佛灵湖

青天和翠湖
两面相映的明镜
每一滴水都住着佛
每一枚树叶都是观音

鸣溪谷山泉不戴口罩
禾雀花张着嘴的雀儿
也不戴口罩
荔枝与龙眼骨碌碌瞪大眼睛
米登山径簇拥成天梯

风月亭的风声,掠过蝴蝶潭
喊我,莫非一见钟情
问天台、和香阁

树的泪,凝结琥珀和沉香

焚一片盔帽状小碎块
凹凸不平孔洞,芳香缭绕
全世界应是窗明几净
人间如灵水纤尘不染

2021.5.27

风扛下了所有的罪

起风了,没有人会懂风的心思
一片云化成雨,从生到死
风扛下了所有的罪

人们总是觉得,疼痛
才是身体最真实的感觉
而死亡只是屏蔽
思想,成了知觉的终结者

2021.7

泪雨纷飞

山道上,送葬的队伍
引来了一场暴风雨
雨水被哭丧的眼泪
烧得滚烫
而那股阴冷的风
却只钻人的骨头缝

2021.7

无地自容

一杯茶冲了五次,没有了茶香
也失去了清水的甘甜
如同爱情,当所有的酸甜苦涩都淡了
水尽处,茶渣即是解脱

我的味觉,连水杯
那最初的滚烫都忘记了?

2021.7

绿肥红瘦

一队蚂蚁，抬着蚜虫的尸体
并非所有的死都呼天抢地
刮骨吸髓，人比猛兽吞噬更多生灵
另类的肉，只是一道美味

2021.7

鸡的一生

乡村，撬开蛋壳的雏鸡
闯进尘世，和小伙伴
叽叽叽，在院子和乡间嬉戏
主人撒米很欢
咯咯呼唤的母鸡引领着它们
它们看见牛，猪，小花狗
绿头鸭，曲项向天歌的鹅
长大后和其他鸡作伴
随着心愿踱步，或飞到树上眺望

而今在养殖场
层叠式铝锌板鸡笼里
这些鸡，生命缩短到数月

终生吃一种饲料

只见过左右两边同伴的侧脸

2021.7.7

丛林博弈

一头狮子闯进羚羊的世界
撕碎肉身,霸占魂魄
留下不屑的眼神与身影
那绝望的呼救和世道轮回的
规则,只不过是群星
被黑洞吞噬后的无助

2021.7

甜蜜的代价

一颗有毒的糖果
诱惑着觅食的蚂蚁
直到死去,它仍然相信那种
幸福的感觉

2021.7

车轮如转动的人生

堵车和"意外插曲"
充满焦虑和烦躁
但在单行道上
谁也没有倒车的权利

2021.7

测量海的宽度

风牵着浪花
一路跌跌撞撞,礁石上
到处都是为生活奔波的人

2021.7

科尔沁禁牧区

马嘶羊欢,膘肥体壮
黄牛是移动的金山,白羊是银垛
哪里还有哈萨尔领地
平地松林八百里的赤峰以北
而今濒临茫茫沙原

就像大海休渔期,蒙古长调
也有短暂的停顿
草原需要小憩、打盹
人怎能无休止地索取
我欢喜扎鲁特禁牧区的安逸

旷野疼爱小草每一根嫩芽
它们是大自然最亲的子女

沙苇、冰草、隐子草、金莲花
草叶柔软腰肢清晰的朝露
那是长生天星星眼睛的水滴

牛羊止蹄停趾，荒野依旧生命喧闹
草窠里狍子扑腾，一只苍狼蹿出
鹧鹆和红腰杓鹬从白音查干淖尔水泊惊起

不忍心惊扰了生命原生态
还有什么比把青草还给草原
把蔚蓝还给天际，更重要

2020.9

怪柳林

别说这是病树
西胡东柳，虬枝叱咤风云
饿其体肤，筋骨曲似苍龙
腾云游沙，于空阔的大漠之上孑然孤立

奈曼怪柳林，像绿毛怪从地下
伸出青筋毕露的大手，紧攥
繁星满空的宁静

纵然狂风将树干拧成麻花
枝丫的灯油被旱魔熬干
病虫摧残，雨雪侵蚀
牛羊啃食，飞沙走石击打
那遍身的树瘤疤痕累累

扭曲、倒伏、枯萎、苍老
畸形丑陋却气象万千

新枝簇簇,磨难到极致
方显倔强的生命本色
极丑的一面总是伴随极美

2020.9.7

在瓦口关品茗

唐明皇幸蜀闻铃处
油菜花嘻嘻哈哈
摇晃皇帝的新衣
斜阳下,残破古蜀道
滴几声清脆鹧鸪

窈窕淑女,古琴声声慢
那棵两千三百岁的古柏
青翠的初心
投影
素瓷一泓碧波
浮动的茶叶,系一叶叶扁舟
横在野渡江渚上
吾与臧棣、焦桐清谈

对饮三君子
思古，叹关隘巍峨

风过耳
大山幽暗的风洞群
原子加速器
助力头上与身边的快
栈道与天梯，行走如平川
青砖和筒瓦听我们
谈诗论道，从墙角到箭楼

2017.3

在淇澳岛湿地像唐代推己及人抒情

那么低的天空
那么圆的夕阳
风吹芦苇几丝涟漪
白茫茫悬空摇晃大海

卤蕨弯茎荡桨
芭蕉阔叶扬帆
丢弃在野渡的木船
独自冥想

涧边杂花生树
秋茄和互花米草散漫攀谈

爬满滩涂的招潮蟹

一只只大鳌张狂雄性

白鹭接翼蹁跹而至

滩涂鱼在泥水里不停跳动

蝌蚪是美妙的音符

大围湾似弦月

张开一把横琴　弹奏田园乐章

羁旅天涯

摇摇摆摆几个食客

跟随归巢的鸭子

迈着外八字红掌

2017.5

红入香山出尘

从春天闪入秋，逼近冬
凛冽的清醒中
生命沿石阶蜿蜒而上
经历青翠到金黄　满眼艳红
若不是此山大起大伏的顿悟
此刻谁能熊熊燃烧
犹如火山喷发？
几朵摇曳的火苗　砥砺风
在身体里呼啦啦蹿动
跳跃在黄栌的枝上
点燃红彤彤的灿烂　漫山遍野
每棵树
仿佛都穿上你的红衣
妩媚如花妖

踽踽　看不见蝴蝶　蜡梅嫩蕊
银杏的落叶
慷慨抛撒明晃晃的金币
泉眼躲在幽闭处
双清相伴暗涌
香炉峰太高　虚蠹云天
一座山因你而遍体生香

2015.11.24

饮者留其茗

你怀抱长河
弹拨
高山流水
一道飞瀑倾泻
注入杯中
曼妙的弧线
水的腰肢扭动
冰肌雪骨
白鸟翩飞
微露摇曳的身姿
水汽氤氲如雾缭绕

风波荡漾
干枯的叶子舒展

僵尸复活

芽苞吐蕊的舌头

舔舐壶天壶地

风情万种的绿

满目生长

澄澈见底的湖

有几尾小鱼

从虚无中跃出

2016.1.9

喜 悦

仿佛池塘被丢进一颗石子
小小的酒窝
冒出一串又一串
扑扑扑的笑声

既而动如脱兔
喜悦跳到你的嘴角上,眼睛里
在脸颊嫣然开放

无心无肺的快乐,裘马轻狂
跑过你青春的身体

满脸春风,变得无边无际
灿烂着姹紫和嫣红

两朵红晕,绽放的粉红色
把喜悦推到了最高点

肩膀抖啊抖,踏着笑声的拍子
摇晃出欢快的节奏

喘不过气来了,胸腔里的喜悦太满
藏不住了,溢出来了

2010.1.10

诗是写给灵魂相通的人看的

一

当白色鸟急疾地扑进林子,恍惚中
万箭穿心的感觉
一只航行在内河的红舞鞋
轻易听懂了它嘴喙和翅膀的抖动
你节奏轻盈的足踝,旋转
一朵绿色春天的风信子
"这封信如果有人愿意读
我乐意去按全世界的门铃"

"一生不只谈一次恋爱,一封信却只有
一个读者。"

"诗是写给灵魂相通的人看的!"
你隐匿在晦暗里。或者捧着茶杯取着暖
或者花树下吹着风
独自感受心旌摇曳的飞翔
"天呐,这正是我读它时的感受!你把它说出来了!"

二

我沿着中国那条最长的江来看你

人间四月天,又"绿"江南岸
"沿途所有的风景都成了我们相见的背景"
你的修长高挑像极此刻的绿茶清晰入目
内心敞亮的春水,四向流溢
从纯棉衬衫皱褶里
我破解你"天气和疼痛"的密码
"不是用眼睛,是用意念去看"
"让人察觉不到的存在,是最美好的存在"

两杯茶,像阔别多年的朋友彼此赞美

相看两不厌

"你的声音有许多颜色"

对你的感觉用《光芒》这首歌来形容再好不过了

比西湖,比上海外滩

你的美艳气象万千

却孤傲如金陵一幢年代久远的民国建筑

魔性青草,藏进苏州园林的幽深

周遭食客饕餮你的秀色

唯有我拼命忍住天空。如今纸上的水都流向海洋

"寒冷彻骨就是焚烧!就是

两个人的夜晚,成为火的白天"

三

世界上有两株完全相同的桑树吗?

你我各自虬枝独举,枝叶纷披

眼睛挨着眼睛,像高枝上并蒂的叶子

在浩浩时空中

冷暖自知。预感未来世纪的流行风气，

我们如此相像。世俗的人
因文字而纯粹
"还有谁关心扫帚，关心灰尘的心？"
两根蚕丝，织一匹
生命交织的锦绣
琴瑟和鸣
高山流水奏响乐章

酒，溢出来的时候，细细的一脉
铁一样地静，这就是结局。完美

当我写下永恒我目睹钻石熔化
当我失去
我未曾有过的东西，一想到消失你就不见了

四

"整整一个夏天我被看不见的东西伤害。像翅膀伤害风"

2006.6.16

为什么水裹着火

为什么水里潜伏着火
一个身体幻化为两个身体
一个躺在原地
另一个飘飘欲仙飞升

微醺的灵魂踉踉跄跄
在液体的大海漂浮
见鲲擒鲲,遇鹏骑鹏
蓝鲸的叫声比舰艇发动机更响亮

火舌从头顶舔到脚底
面红耳赤,浑身燥热,肌肤芬芳
一条火龙在血管里来回窜动
身体腾空到云里雾里

搓一滴在手上,隔天还有余香

2021.6.7

月色与酒老犹未老

就像太阳蒸春天
天地这个蒸笼,春风浩荡
桃花酿红,李花焙白

滟滟千万里
皎皎发如丝

明月前溪后溪,一杯无纤尘
再一杯天亦老,多情处
斟南楼,而挂西窗

2021.6.9

2021 憧憬

庚子的寸光划过尾声
飞天的嫦娥捧回一掬月壤

北斗七星簇新的唱针
大地旋转年轮的唱片
杂花生树,疫苗的绿叶
就要挂出一张张春联

爆竹噼啪灌制送瘟神的绝唱
春风哼着小曲
多好,万物音符,江河管弦

雪山脱掉臃肿的棉袍
花草复生万紫千红

套犁起铧,拓荒牛奋蹄闹春
天空和大海纯蓝
不远处一声汽笛,牛气冲天

2020.12.27

在朗润园采薇

一

我特别心动"朗润"一碧如洗
垂帘听政的天穹深不可测
阳光瀑布犹倾泻嘉庆年间的回声

前后河岸,密植垂杨
两百年前殿院后墙的军机处
怎锁得住今天明朗的读书声

树是绿的砖是青的琉璃瓦明晃晃
赶路的汗水将一行行诗歌从额头写到脸颊
诗乃寺言,致辞者在诵经

老教授仿佛入定,端庄如打坐
心静自然凉
身上的溪流清澈了首都的高烧
中青年诗人批评家纷纷躲进廊檐
进进出出如头戴黑毡帽的燕子
被念到姓名的佼佼者,惊恐若一只小袋鼠

二

从廊角探出头来
白墙深处影影幢幢
皮影戏般晃动穿长衫的人物
我看见胡适、钱玄同、刘半农、沈尹默
周作人、鲁迅、康白情、俞平伯、傅斯年
罗家伦、朱自清、冯至、何其芳、卞之琳依次走来
如同电视里的出彩中国人
我仿佛还看见紫禁城小朝廷的戒心
载涛是朗润园合并为校园之前的
最后一个园主

园子里刚种的花蔫巴巴的
诗人的小春天谢了顶
幸好有几个女大学生灿烂如夏花
空气中飞来片片红的柳絮
浮想中杨柳依依雨雪霏霏
润泽覆盖大理寺

三

采薇采薇佳人在水一方，露尚稀，雨未歇
唯有我能分辨李清照蔡文姬的今生前世
左迁在岭南
天上白云若蒲团
何处望乡一枯一葳蕤？

问斯人，等到繁华落尽胡不归
早有屈原、李白、杜甫、辛弃疾一只只蜻蜓
此刻正立在莲花那看不见的高处
冷眼看我们在人间沙沙翻动诗页

不过浩瀚长河泛动的几丝涟漪

为何叫紫禁城胡同的墙总涂层灰色
所幸今天雾霾没了踪影
失踪不等于消失，如同片刻的慢
挡不住时代的快
静好的未名湖外中关村大街车如长龙
它鬼鬼祟祟的尾巴在汽车尾气中摇晃

2015.5.24